José Mauro de Vasconcelos:
Meine Brüder, der Wind und das Meer
Roman

Deutsch von Marianne Jolowicz

Deutscher
Taschenbuch
Verlag

dtv

Von José Mauro de Vasconcelos
sind im Deutschen Taschenbuch Verlag erschienen:
Wenn ich einmal groß bin (864; auch als dtv großdruck 25056)
Ara Ara (11419)

Ungekürzte Ausgabe
September 1992
Deutscher Taschenbuch Verlag GmbH & Co. KG,
München

Titel der brasilianischen Originalausgabe:
›Barro Blanco‹

Umschlagtypographie: Celestino Piatti
Umschlagbild: Rotraut Susanne Berner
Gesamtherstellung: C. H. Beck'sche Buchdruckerei,
Nördlingen
Printed in Germany · ISBN 3-423-11572-6

Das Buch

»Was immer er anpackte, gelang ihm. Er sammelte mehr Baumwolle als jeder andere Arbeiter, doch während er noch damit beschäftigt war, die weißen Flocken zu pflücken, dachte er darüber nach, wie lustig es sein müsse, Agaven zu pflanzen. Nichts konnte ihn lange fesseln ...« Zigeunerblut fließt in den Adern Chicãos, des Waisenjungen, der unter der sengenden Sonne des Sertão im Nordosten Brasiliens aufgewachsen ist. Er liebt seine Heimat, und doch entflieht er der Enge und verheerenden Dürre und sucht sein Glück an der Küste. Dort lernt er nicht nur die schönste Frau weit und breit kennen, sondern auch die unmenschlich harte Arbeit in den Salinen. Als Seemann glaubt er endlich die »lebenswerte Existenz« gefunden zu haben, nach der er schon als Junge gesucht hat ... Alte Bräuche und Aberglauben, kraftvolle Typen aus dem Volk und unvergeßliche Schilderungen einer exotisch anmutenden Welt gestaltet Vasconcelos zu einem Schicksalsroman von seltener Leuchtkraft, der ebenso packt und zu Herzen geht wie sein Welterfolg ›Wenn ich einmal groß bin‹.

Der Autor

José Mauro de Vasconcelos, geboren 1920 in Rio de Janeiro, hat einen portugiesischen Vater und eine indianische Mutter. Er studierte Medizin, Jura, Philosophie und Malerei und sammelte als Trainer, Bananenlader, Fischer, Lehrer und Krankenpfleger bei den Indianern im Urwald reiche Erfahrungen über seine Heimat. Weitere in deutscher Sprache erschienene Werke: ›Wenn ich einmal groß bin‹ (1970), ›Ara Ara‹ (1971), Romane.

dtv drei kontinente

Inhalt

Erster Teil

Zweiter Teil

Erster Teil

1
Die Männer vom Meer

»Pfeif doch, Pocks! Hast immer behauptet, das bringt Glück«, sagte der Rote, der eigentlich Pedro hieß.

Der Rote lag auf einer Rolle Tau, paffte seine Maisstrohzigarette, und der Rauch biß ihn in die Augen. Das heißt in das Auge, denn er besaß nur noch eines. Das andere hatte er schon vor langer Zeit bei einer Rauferei verloren. Ab und zu fuhr er sich mißmutig mit der Hand durch das rote Haar, dann wieder kniff er verärgert das blaue Auge zu.

»He, Pocks! Pfeif doch endlich, damit es Wind gibt.«

»Hilft nichts, Roter. Ich glaub nicht dran.«

Trotzdem blies Pocks die Backen auf, und die Narben, die sein braunes Gesicht entstellten, sahen jetzt noch größer aus. Langsam pfiff er:

»Komm, Wind, Brüderchen,
Wildhund will beißen.
Komm, Wind, Brüderchen,
möcht mich zerreißen ...
Spring auf, Wind,
Wildhund will beißen.
Spring über Wald und Meer,
möcht dich zerreißen ...«

Die Männer schauten gespannt zu den Segeln des Küstenfrachters empor. Nichts. Nicht das leiseste Anzeichen einer Brise. Die Segel hingen schlaff und träge herunter.

»Ich wette um meine Brille, dieser verdammte Nordost kommt nicht«, sagte Anton, der Schiffer.

Und wenn Schiffer Anton um seine Brille wettete, dann war er seiner Sache mehr als sicher.

Zum Kotzen! dachte Dorcelino. Wenn der Nordost nicht in der nächsten halben Stunde da ist, laufen wir erst morgen mit der Nachmittagsflut in Macau ein.

Sie alle warteten begierig auf den Wind vom Meer. Dort draußen war der Himmel ganz dunkel, während auf der Landseite der Leuchtturm von Alagamar helle Streifen in die Nacht zeichnete, wie Kreidestücke auf einer Wandtafel.

Das Schiff schaukelte in der Dünung vor der Hafeneinfahrt. Wenn sich eine besonders aufgebrachte Welle unter seinem Kiel durchschob, wurde es heftig durchgerüttelt.

»Wie spät ist es auf deiner Uhr, Dorcelino?« fragte Eusébio.

Dorcelino zog die große Uhr aus der Tasche. Sie bedeutete ihm sehr viel, weil sie seinem Vater gehört hatte.

»Neun«, antwortete er verdrossen.

»Dann kommen wir heute bestimmt nicht mehr rein!«

»Was hast du denn erwartet?!«

»Gleich läßt uns der Alte die Segel einziehen. Wetten?«

Als hätte Schiffer Anton das gehört, rief er schon vom Steuerhaus her: »Segel runter, Leute! Heute wird's nichts mehr. Morgen ist auch ein Tag!«

Pocks kletterte auf die Reling und schrie zu Chicão hinüber, der auf dem Steuerhaus lag und schlief: »He, Chicão! Segel reffen! Wer wird denn jetzt bloß pennen!«

Chicão sprang aufs Deck und half Pocks beim Großsegel.

Sie lösten die Knoten von der Spake und machten die Leinen frei. Die Segel ächzten widerwillig, kamen langsam herunter und legten sich um die Masten.

»Komm, helfen wir Dorcelino und Eusébio an der Fock!«

Das Focksegel ist das vertrackteste von allen. Vielleicht, weil man es von mittschiffs her einholt. Dorcelino hatte sein Strickhemd völlig durchgeschwitzt.

Pocks brummte: »So was hab ich noch nie gesehen. Daß ein Mann gleich so klebt! Bei jedem Dreck schaut er aus wie eine ersoffene Maus!«

»Was ein richtiger Mann ist, der schwitzt eben ordentlich!«

Zu viert zogen sie das Focksegel herunter.

Inzwischen hatten der Rote und Obermaat Lucas schon Klüver und Vorsegel eingeholt und festgemacht.

Chicão sprang wieder aufs Steuerhaus, legte sich nieder, verschränkte die Arme überm Kopf und schaute zum Himmel hinauf. So betrachtete er die Sterne am liebsten. Sein Blick folgte dem Mast, und er entdeckte dann Dinge, die nur er sehen konnte.

Immer wenn das Schiff schaukelte, beschrieb der Mast einen kleinen Kreis, als sei er ein gewaltiger Billardstock und mühe sich ab, die Sterne zu treffen, die in alle Richtungen auseinanderstoben. Seinen Gefährten erzählte er nichts davon, denn sie hätten ihn nicht verstanden.

Der Rote kam zu ihm heraufgeklettert, setzte sich neben ihn und zündete sich eine neue Maisstrohzigarette an.

»Verdammt noch mal! Wir könnten schon fast dasein. Und jetzt dauert's noch bis morgen!«

»Macht doch nichts aus, ob wir heut ankommen oder morgen!«

»Das sagst du bloß, weil du weißt, daß Joaninha auf dich wartet. Aber ich? Ich hab eben nie Glück.«

»Ich denk jetzt gar nicht an Joaninha.«

»Natürlich nicht! Glaubst du, ich bin blöd? Wozu sonst liegst du denn so da und schaust in den Himmel?«

»An nichts denk ich. Hab's dir doch gesagt.«

»Wenn wir heut eingefahren wären ... Ich ...« Der Rote verstummte.

»Die gelbe Margarida wartet bestimmt schon auf dich.«

»Du spinnst ja, Kerl!«

Chicão lachte. Er beobachtete, wie das Leuchtfeuer von Alagamar übers Wasser strich und dem Schiff ganz nahe kam. Drüben, an die Reling gelehnt, schwatzte Lucas mit Schiffer Anton:

»... also, ich glaub schon, ich kauf es. Ich hätt große Lust auf so ein Hemd. Mein altes kann ich nicht mehr ausstehen. Jedesmal, wenn ich's anzieh, ärgere ich mich darüber. Nächstes Mal kauf ich ein blaues.«

Chicãos Lider wurden schwer. Er merkte wohl, daß der Rote weiterredete und sich gern unterhalten wollte, aber der Schlaf überwältigte ihn. Er rollte sich auf die Seite und schlief ein. Wenig später schliefen auch die anderen und mit ihnen Unsere Liebe Frau der Seefahrer.

Weit und breit gab es kein schöneres Schiff als den Segelfrachter »Ricardo Barreto«. Er war groß, sauber und gepflegt, stattlich und doch schnittig. Außerdem besaß er einen Schmuck, den man sonst nur bei den ganz großen Seglern findet: einen Gürtel, vier Handbreit unterhalb der Reling. Seine Segel, die weder durch Seeluft noch Sturzfluten oder salzgetränkte Sturmböen gelb geworden waren, schimmerten blütenweiß.

Schon am Morgen hatte der Nordost zu wehen begonnen, doch die Männer würden erst um zwei Uhr die Segel hissen können. Noch lag das Schiff still vor der Mündung des Rio Açu, die nur von Seglern befahren wird. Das Wasser hier ist zärtlich, es streichelt die Kiele der Schiffe, die vorbeifahren, doch hin und wieder ist es aufsässig und von einer Böswilligkeit ohnegleichen. Die Männer sagen, die Gezeiten seien schuld, aber in Wirklichkeit haben die Gezeiten nichts damit zu tun, wenn das Wasser plötzlich schmollend zurückweicht und schließlich ganz und gar verschwindet. Der alte Malachias, der älteste Mann von Macau, hat einmal erzählt, das Wasser sei traurig, weil ein Schiff nicht zurückkehrt oder ein anderes auf ewig in den Tiefen des Meeres versunken sei. Heute aber schwollen die Fluten des Rio Açu vor Vergnügen, denn sie sollten das schönste Schiff der ganzen Nordostküste aufnehmen, die »Ricardo Barreto«.

Pocks, der mehr Koch war als Matrose, benutzte die Wartezeit, um das Essen zu richten.

»Wie gut das Dörrfleisch riecht, Pocks!«

Und Pocks strahlte vor Stolz darüber, daß er der einzige an Bord war, der es verstand, ein Bohnengericht mit Trockenfleisch so zu bereiten, daß es allen schmeckte.

Als Dorcelinos Uhr zwölf Minuten nach zwei zeigte, befahl Schiffer Anton, sie sollten die Segel setzen. Diesmal gingen die Männer mit Lust an die Arbeit. Sogar der Rote sang. Klar! Männer, die vom Meer kommen, wollen am liebsten sofort an Land. Zwischen Meer und Küste hängenzubleiben ist nichts für einen Matrosen. Er will an Land, sich erholen, ausspannen, er will Frauen haben, bevor ihn wieder die Sehnsucht nach dem Meer packt.

Kaum waren die Segel gehißt, blähte der Seewind sie zu mächtigen Ungetümen. Es war, als hebe sich die »Ricardo Barreto« noch eine Spanne höher aus dem Wasser. Einen Augenblick lang schien das Schiff bewegungslos auf dem Wasser zu schweben, als müsse es Atem schöpfen, dann aber glitt es leicht dahin.

Schiffer Anton hielt das Steuerrad. War ihm auch manch anderer an Kräften überlegen, die Einfahrt mit ihren vielen Sandbänken kannte keiner besser als dieser Alte mit den schwachen Augen, der mit einem Blick und ohne Lot die Beschaffenheit des Meeresbodens erkennen konnte. Er war auf dem Rio Açu groß geworden und hatte hier sein Leben verbracht. Deshalb überließ er auf dieser Strecke auch keinem anderen das Steuer, und der Küstensegler führte willig die Befehle aus, die ihm Schiffer Antons Hände gaben: Er legte sich in die Kurve und fuhr geradeaus, an Sandbänken vorbei, in denen Stöcke als Warnzeichen steckten.

Hinter einem Stück Schwemmland voller Mangroven, Krebsen und stinkendem Schlamm tauchte auf fester Erde der Leuchtturm von Alagamar auf, häßlich, schwarz und baufällig. Fischerboote steuerten dicht an den Segler heran, um Neuigkeiten aus Natal, Recife und Maceió zu hören.

Schon waren die Uferstraße, der Hafen mit den vertrauten Schiffen zu erkennen. Da lagen sie alle, die »Potengi«, die »Maria Nina« und die »Gottesfinger«, eine große Bark, von der es hieß, sie sei toll, scheue keinen Sturm und gehe jedes Wagnis ein. Sie gehörte Schiffer Damasceno und hatte häufig zum Verkauf gestanden, aber niemand wollte sie haben.

Hinter einem Wald von tausend Masten mit eingezogenen Segeln verbarg sich die Stadt. Jetzt kam die »Ricardo Barreto« an einem trostlosen Ort vorbei: der Trinkwasserausgabe. Mit Kähnen wird das Wasser vom Barreirastrand herbeigeschafft und schlecht und recht an die Bevölkerung verteilt. Die armen Leute warten geduldig, bis sie mit ihren alten Petroleumkanistern an der Reihe sind. Der Wassermangel in Macau ist aber nicht das einzige Übel, das auf der Stadt lastet: Am anderen Ende liegen die Salinen, weiß, fürchterlich, mörderisch. Sie zerstören die Gesundheit und das Augenlicht des Menschen. Verbrecher sind sie. Steil und trotzig steigen die spitzen Salzberge, die Brüste der Salinen, zum Himmel empor, als wollten sie Gott selbst herausfordern.

Chicão lächelte. Der Rote sah ihn an und sagte: »Soso. Und dann behauptest du noch, du denkst nicht an sie!«

»Das wird eine gute Nacht heut ...«

Der Rote sah traurig drein. Nur er hatte nie Glück. Fand keine Frau wie Joaninha. So eine würde er vielleicht sogar heiraten.

Joaninha war in Dom Miguels Laden gekommen, um Petroleum zu kaufen. Dom Miguel, der schon von der Ankunft der »Ricardo Barreto« gehört hatte, blickte sie vielsagend an.

»Na, Joaninha, freust du dich?«

»Nicht besonders.«

»Hm. Ihr Frauen seid wirklich komisch. Müßt immer das Gegenteil von dem sagen, was ihr eigentlich meint.«

Sie lachte, nahm die Petroleumflasche und trat auf die Straße hinaus. Ihr Gang war voll Lebensfreude, Anmut und Jugend. Zu Hause angekommen, stellte sie die Flasche in die Küche, und während sie ins Zimmer ging, dachte sie: Ich bin sehr, sehr glücklich. Bald wird Chicão hier sein. Was für ein Mann er doch ist! Bald werden meine Hände sein glattes, schwarzes Haar streicheln, und dann den Rücken hinunter, immer tiefer. Sein Körper... Sein Fleisch... Die Liebe ist wunderbar.

Tante Cristina, die im Wohnzimmer saß und klöppelte, sah Joaninha selig lächeln.

»Was gibt's, Joaninha?«

»Rat mal!«

»Sie ist da.«

»Sie? Wer?«

»Na, wer schon!«

»Die ›Ricardo Barreto‹, ja, Tante!«

»Und deshalb bist du so vergnügt?«

»Soll ich vielleicht traurig sein?«

Und wie Tante Cristina sie verstand! Sie war schließlich auch einmal jung gewesen, lebenslustig und hübsch. Auch sie hatte die Männer begehrlich gemacht und einen Seemann geliebt, der hin und wieder an Land gekommen war. Aber das lag viele Jahre zurück. Die Zeit hatte alles zerstört, was es an Schönem in ihrem Leben gegeben hatte! Jetzt war sie alt, taugte nur noch zum Beten und zum Klöppeln, und es machte ihr Spaß zuzuschauen, wie andere glücklich waren, während sie sich heimlich an die eigene Jugend erinnerte. Sie hätte viele Geschichten erzählen können, aber all das behielt sie für sich. Wer hätte ihr geglaubt, ihr, deren Leib unförmig und fett geworden war? Sie konnte einen leichten Seufzer nicht unterdrücken.

Joaninha stellte sich vor den Spiegel.

»Mach dich hübsch, Mädchen! Mach dich hübsch. Die Männer mögen einen nur, solang man hübsch sein kann. Später...«

Joaninha zog ihr Kleid aus und stand nun im Unterrock da: Ein paar Meter billigen Stoffs verhüllten einen jungen, herrlichen Körper, dessen Haut getönt war wie heller Tee und sich vom Gelb des Unterrocks abhob. Sie begann ihr Haar zu kämmen. Wie mochte Chicão es doch am liebsten? An der Seite gescheitelt? Nach vorn in die Stirn? Nach hinten gekämmt? Oder mit einem Mittelscheitel? ... Ach was! Ihm gefiel's doch so oder so!

Plötzlich ließ sie die Hände sinken. Ganz verzückt fuhr sie sich über die festen Brüste und flüsterte sehnsüchtig: »Oh! Chicão!«

Bei diesem Seufzer blickte Tante Cristina auf. Sie sah, wie Joaninha den eigenen Körper liebkoste. Lachend nahm sie die Hände vom Klöppelkissen und sagte: »Na, Joaninha, dank nur dem Himmel, daß du zwei Mandarinen hast. Was machen mir dagegen meine beiden Brotfrüchte zu schaffen!«

Jetzt lachte auch Joaninha. Tante Cristina aber fuhr fort: »Du hast gut lachen. Wart nur, bis du so alt bist wie ich, dann weißt du, was es heißt, bei solcher Hitze so was herumzuschleppen...«

Es begann dunkel zu werden. Tante Cristina erhob sich schwerfällig und schleppte ihre Massen zu der Lampe, die sie entzündete. Mochte Joaninha sich in Ruhe anziehen, mochte sie sich für ihren Liebsten feinmachen.

Das Haar wurde nun doch in der Mitte gescheitelt. Jetzt nur noch hier ein bißchen Puder und da zwei Tropfen Parfüm. So war's gut. Joaninha lachte. Ja, dachte sie, ich bin verdammt hübsch. Daß die Männer mich begehren, mir sehnsuchtsvolle Blicke zuwerfen, was kümmert's mich? Wenn ich alle, die ich schon gekannt hab, in einen Topf werfe, es kommt doch keiner heraus, der so ist wie Chicão. Sie ging aus dem Zimmer und blieb in der Haustür stehen.

Schiffer Damasceno kam auf dem Heimweg vom Strand der Fischer an ihr vorüber, betrachtete sie von oben bis unten und sagte: »Guten Abend, Schönste vom Roçadohafen! Donnerwetter! Du bist aber hübsch heute, Joaninha!«

»Ach! Bin ich doch wohl immer gewesen.«

»Aber heut bist du's noch viel mehr!«

Er ging weiter mit seinen Netzen und etlichen gebündelten Fischen, die er sich über die Schulter geworfen hatte. Andere Männer kamen vom Fischfang. Auch die Salinenarbeiter kehrten erschöpft heim zu Frau und Kind. Ihr Leben war noch viel schwerer als das der Fischer und der Matrosen.

Tante Cristina trug die Lampe in die Wohnstube, und nun wurde an der hinteren Wand Sankt Peter mit den Schlüsseln in der Hand sichtbar und auch der Kalender mit den großen Zahlen, der über der Kommode hing. An manchen Stellen der nackten Wand war der Verputz abgebröckelt. Tante Cristina ging in ihre Schlafkammer, um das Angelus zu beten.

Joaninha wußte nicht, wie sie ihre Unruhe verbergen sollte. Warum war Chicão nicht längst da? Sie entluden das Schiff doch nie bei der Ankunft, sondern immer erst am nächsten Tag. Wo blieb er bloß? Warum dauerte es so lange? Sicher hatte er Bekannte getroffen. Trank vielleicht Schnaps in irgendeiner Kneipe. Oder – wer weiß? – kaufte noch etwas in der Markthalle ein. Möglicherweise wurde er auch von Leuten aufgehalten, die Neuigkeiten aus den Gebieten wissen wollten, in denen er gewesen war...

Der Stundenzeiger rückte vor.

Gegen neun faßte Joaninha einen Entschluß. Sie öffnete die Tür, die knarrend aufsprang, schraubte den Lampendocht herunter und rief: »Tante Cristina, ich bin gleich wieder da!«

Die Nacht war sehr finster und weder kalt noch warm. Je weiter Joaninha kam, desto wütender wurde sie. Sicher saß Chicão bei irgendeinem Frauenzimmer im Viergasseneck und trank Bier mit einer dieser schamlosen, geschminkten Blondinen. Vielleicht war er sogar im Haus der gelben Margarida, dieser unverschämten Hexe, die aussah wie ein Krokodil...

Es war weit vom Roçadohafen bis zum Hurenviertel, aber Joaninha ging rasch. Sie erreichte ihr Ziel, die belebten, schlecht beleuchteten Straßen, in denen es von Seeleuten wimmelte, wie immer, wenn viele Schiffe im Hafen lagen. Die Männer waren gieriger nach Frauen als nach Alkohol, denn lange hatten sie fasten müssen. Sie sind gefräßig wie Piranhas, dachte Joaninha, während sie sich einen Weg durch das Gewühl bahnte. Salzgebeizte, sonnenverbrannte, ausgehungerte Wilde, die jedoch keinen Versuch machten, sie anzusprechen. Die Männer kannten Joaninha. Sie wußten, daß die Schöne nicht mit sich spaßen ließ. Männer, überall Männer. Sie standen an den Ecken. Sie beugten sich aus den Fenstern der Bordelle. Sie kamen und gingen, warteten darauf, daß eine Frau für sie frei würde. Und in den Häusern war Lärm, zügelloses Gelächter und Alkoholgestank.

Joaninha blieb vor Margaridas Pension stehen. Sie stieß ein paar Männer zur Seite, spähte hinein, und da die Tür halb offenstand, drängte sie sich ins Haus. Die spärliche Beleuchtung, die den Sinnen schmeichelte wie eine Kupplerin, ließ das Dunkel noch dunkler erscheinen. Die Tischdecken, von vergossenen Getränken durchnäßt, hingen bis zum Boden, und die Männer hielten die Weiber, die sich auf ihren Schoß gesetzt hatten, umfangen. Sie rauchten. Sie soffen. Und sie lachten gemein. Es fehlte nur noch schmalzige Musik, um das Bild abzurunden.

Joaninha hätte fast ausgespuckt vor Ekel.

Als sie Chicão entdeckte, sprühten ihre Augen Blitze. Hatte sie's doch geahnt! Sogar, daß es gerade diese Blondine war! Geschminkt, betrunken, das Haar von Lockenwicklern gewellt und die weißen Schenkel unbedeckt bis oben hin.

Joaninha trat an den Tisch, stemmte die Hände in die Hüften.

Die Frau fuhr hoch und setzte sich ängstlich auf ihren Stuhl. Chicão lachte Joaninha an: »Wie geht's dir denn, Liebchen?«

»Los, Chicão. Ich bin gekommen, dich abzuholen!«

»Geh voraus, ich komm später.«

»Wenn du nicht sofort aufstehst, laß ich dich nicht ins Haus!«

»Ist gut.«

Joaninha drehte sich um und ging. Chicão wußte, daß sie vor Wut schäumte ... oder sehr große Sehnsucht hatte.

Auf dem Heimweg betrachtete Joaninha all die Kerle, die mit ihren gierigen Blicken ihren Körper abtasteten, und sie wußte plötzlich, daß Männer schmierig sind. Tiere, dachte sie, Tiere.

Chicão blieb noch eine Weile sitzen. Dann holte er einen Haufen Geldscheine aus der Tasche und bemerkte, wie die

Augen der Frau neben ihm aufblitzten. Er bezahlte die Zeche, stand auf, warf der Frau einen Schein hin und machte sich auf den Weg.

2
Liebe

Chicão war, das konnte man schon von weitem sehen, ein echter Seemann: mit breitem Rücken, starken Armen, braungebrannt, ein Lachen im Gesicht, rauflustig, den Frauen zugetan und mit Leib und Seele dem Suff ergeben. Er hatte den wiegenden Gang, den alle Männer vom Meer mitbringen. Über der knappsitzenden Hose wölbte sich die muskulöse Brust, im Gürtel wartete das Messer auf Streit. Seine Hände waren voll Schwielen, und auf seiner Haut lag der Nachglanz der Sonne. Während Chicão durch die nächtlichen Straßen wanderte, dachte er an Joaninha. In der Tasche seiner Leinenjacke, die er über die linke Schulter geworfen hatte, steckte ein Geschenk für sie. Er hatte es in Natal gekauft. Chicão tastete nach der Tasche und lächelte zufrieden, denn Joaninha, das wußte er, schäumte jetzt vor Wut, und er mußte sie beruhigen.

Er liebte sie, klar, und er war ihr auch so treu, wie ein Seemann eben treu sein kann. Seemänner haben nun mal in jedem Hafen eine Freundin und dazu noch irgendwo ein Liebchen, das ihnen mehr bedeutet als die anderen. Chicãos Liebchen war eben Joaninha, schon seit vielen Jahren. Und sie verdiente das auch. Sie schmeckte nach Salz. Am ganzen Leib. Ihre festen Brüste ragten wie die Pyramiden der Saline empor, und ihre dunklen Brustwarzen schmeckten am köstlichsten.

Chicão lächelte. Diese Nacht gehörte ihm. Eine Nacht für die Liebe und für alle, alle Zärtlichkeiten dieser Welt.

Als er Joaninhas Haus erreichte, fand er die Tür verschlossen. Drinnen brannte kein Licht.

Ja, geschlossen war die Tür, aber ein Stoß mit der Schulter würde genügen, sie zu öffnen. Und wenn das Schloß dabei kaputtging, mußte er eben einen Stuhl gegen die Tür stellen und am nächsten Tag ein neues einsetzen.

Das Schloß knackte ein bißchen und gab nach. Er trat ein, riß ein Streichholz an, hielt es an die Lampe und schraubte den Docht hoch, bis es so hell im Zimmer war, daß er Wiedersehen mit dem Bild von Sankt Peter feiern konnte. Chicão lächelte, weil Seeleute immer lächeln, wenn sie ein Bild von Sankt Peter sehen.

Tante Cristina lag in ihrer Kammer und wartete. Freute sich auf eine ereignisreiche Nacht. Sie horchte für ihr Leben gern. Chicão schien durstig zu sein, denn der Becher stieß gegen den Trinkwasserkrug, und Wasser tropfte auf den Boden.

Danach klopfte Chicão an Joaninhas verschlossene Tür. Tante Cristina spitzte die Ohren noch mehr. Bestimmt würde er die Geduld verlieren und die Tür aufbrechen.

Genau das tat er. Er stemmte eine Schulter gegen das Hindernis. Heute öffneten sich ihm die Türen nur, wenn er Gewalt anwendete. Jetzt stand er in der Kammer. Wütend sprang Joaninha hoch.

»Raus mit dir, du verdammter Kerl!«

Aber Chicão kümmerte sich nicht darum. Seelenruhig streifte er sein Hemd ab und betrachtete lächelnd den braunen Leib, der unter seinen zwei Metern billigem Stoff vor Entrüstung bebte. Bildete sie sich wirklich ein, er würde auf diese Pracht verzichten? Sollte er Strafe zahlen, bloß weil er bei einer anderen Frau gewesen und seinen Durst mit zwei Flaschen Bier gestillt hatte? Begriff sie nicht, daß nur Bier den Salzgeschmack der See aus dem Mund vertreiben kann und daß er nur deshalb in Gesellschaft jener Frau getrunken hatte, um seine Kehle durchzuspülen? Er würde ihr schon beweisen, daß er kein Schwein war und daß er nichts mit der Hure gehabt hatte. Mochte sie glauben, was sie wollte, er dachte nicht daran, sich diese Nacht nehmen zu lassen, auf die er sich so freute ...

Wie eine wütende Katze fuhr sie auf ihn los. Schlimmer als ein Hai, wenn er ein Fischnetz voll Krabben zerreißen will. »Mach, daß du wegkommst, du Hund!«

»Sei doch nicht albern, Joaninha. Ich bin hier, und ich bleibe hier.«

»Du bleibst nicht hier!«

»Doch. Und ich werd hier schlafen.«

Er näherte sich ihr. Da ging sie mit Nägeln und Zähnen auf ihn los. Sie wollte ihn ohrfeigen, ihn kratzen. Aber er hielt ihre Handgelenke fest und lachte.

»Sei doch nicht blöd, Joaninha.«

Seine Stimme war rauh von einer Zärtlichkeit, die Joaninha in diesem Augenblick nicht begriff, obwohl sie im Innersten etwas davon verspürte. Sie war zu tief in ihrem Stolz verletzt, um an etwas anderes zu denken als: Chicão hatte es vorgezogen, mit irgend so einem Weibsstück zusammenzusein, statt zu ihr zu kommen.

»Chicão, geh weg, um Gottes willen, um Santa Luzias willen! Geh, ich bring dich sonst um!«

Aber er ging nicht und ließ sie auch nicht los. Da füllten sich ihre braunen Augen mit Tränen, denn sie wußte nichts Kränkendes mehr zu sagen.

Chicão lockerte den Griff, und sofort riß sie sich mit einem Ruck los. Blitzschnell fuhr ihre rechte Hand unter seinen Arm und packte das Messer. Sie trat zurück und lachte. Lachte übers ganze tränennasse Gesicht.

Die Schneide blinkte im schwachen Schein der Lampe.

»Leg das weg, Joaninha. Das ist gemein.«

»Verschwinde, Chicão!«

»Ich hab dir schon gesagt, ich geh nicht.«

»Ich bring dich um, Chicão!«

»Komm her!«

Jetzt war er es, der auf sie zuging.

Joaninha wich in die Stubenecke zurück.

»Bald reißt mir die Geduld!«

Chicão folgte ihr, tat plötzlich, als sehe er etwas Schreckliches. Mit dem Finger zeigte er aufs Fußende des Bettes: »Huh, eine Küchenschabe, Joaninha!«

»Sei nicht blöd, Chicão. Damit kriegst du mich nicht. Mach, daß du wegkommst!«

»Nun hör mal gut zu, Joaninha. Ich geh nicht. Wenn ich nämlich jetzt ginge, dann käme ich niemals mehr wieder. Darum ...«

Ohne den Satz zu beenden, fiel er über Joaninha her. Das Messer streifte ihn leicht und verletzte die Haut am linken Arm. Aber das machte ihm nichts aus. Er umklammerte das

Handgelenk des Mädchens so fest, daß das Messer zu Boden fiel.

Tante Cristina hielt den Atem an, um besser hören zu können. Bei so was vergaß sie sogar das Beten. Was für ein Kerl! Auch sie war ja einmal jung gewesen und hübsch.

Jetzt verlor Chicão die Geduld. Er riß Joaninha in seine Arme und warf sie aufs Bett. Erst wehrte sie sich und strampelte, aber bald ließen ihre Kräfte nach. Zerrissen war das Hemd aus zwei Meter billigem Stoff. Die ganze aufgestaute Sehnsucht, die Chicão vom Meer mitgebracht hatte, brach in leidenschaftlichen Sturzfluten über Joaninha herein, schwemmte ihre Tränen weg und zwang ihre Hände, die eben noch gefährliche Krallen gewesen waren, den sonnenverbrannten Rücken des Geliebten zu streicheln.

Als sie endlich wieder auf sanfteren Wellen schaukelten, drehte sich Chicão auf die andere Seite. Er war müde. Müde von der Arbeit an Bord, vom Ein- und Ausladen der Säcke und Ballen in den Häfen des Nordostens. Müde von aller Plage und von der Raserei, mit der er sein Verlangen gestillt hatte.

Joaninha, die längst nicht mehr grollte, betrachtete ihren Liebsten, der jetzt schlafen wollte wie ein Kind. Sie strich ihm über das glatte schwarze Haar. Wie gern ihre Hände das taten!

Chicão öffnete die Augen und lächelte. Seine Hand glitt auf den Boden und tastete suchend umher. Endlich hatte er das Messer gefunden. Er reichte es Joaninha, lehnte es gegen ihre festen Brüste und sagte ganz leise: »Jetzt kannst du mich ja abstechen, wenn du möchtest...« Dann wandte er ihr den Rücken zu und schlief ein.

Aber sie dachte nicht mehr daran, ihn zu töten.

3
Macau

Es war noch sehr früh, als Chicão erwachte. Das Tageslicht drang zwischen den Ziegeln durchs Dach. Er rekelte sich, drehte sich auf die Seite und blinzelte Joaninha an.

»Ich dachte, du wärst böse auf mich!«

»Sollt ich auch sein, du Taugenichts! Aber man fällt eben immer wieder auf so was wie dich rein!«

Er streichelte ihre Hände.

»Ich mag keine andere als dich, Joaninha. War dumm von mir, daß ich dorthin gegangen bin.«

»Du hast eben keine richtige Sehnsucht nach mir gehabt, darum.«

»Doch, doch. Und nicht ein Haar von dir hatte ich vergessen.« Er stand auf und holte aus der Jackentasche das Päckchen, das er am Vorabend so behutsam bei sich getragen hatte, wickelte es bedächtig aus, während Joaninha neugierig herankam.

»Was ist das?«

»Was für dich.«

Ihre Augen glänzten, Ohrringe!

»Wie hübsch die sind, Chicão!«

»Komm, ich setz sie dir ein.«

Sie hielt ihm das eine Ohr hin, dann das andere, spürte seine harten Hände, die so sanft sein konnten, und als er sich aufs Bett legte, um den Dank zu kassieren, warf sie sich über ihn und küßte ihn.

»Ach, Chicão, du bist so lieb, ich kann dir einfach nicht böse sein!« flüsterte sie, während ihre Lippen über seinen Körper wanderten und das Meer wieder zu rauschen und zu singen begann.

»Du kriegst auch noch ein Kleid, Joaninha«, sagte Chicão plötzlich.

»Was denn für eines?«

»Magst du ein hübsches gelbes?«

»Nein, Chicão. So was trägt man nur auf dem Land. Denkst du denn, ich bin vom Land?«

»Dann kauf ich ein olivgrünes.«

»Das will ich auch nicht. Darin sehe ich aus wie Jesus auf dem Passionsweg.«

»Und ein meergrünes?«

»Geht genausowenig. Ich will kein grünes. Das ist eine Farbe, die macht meine Haut ganz dunkel.«

»Na, du bist aber ganz hübsch anspruchsvoll. Jetzt weiß ich überhaupt nicht, was für ein Kleid ich dir kaufen soll ... Welche Farbe willst du denn? Was magst du?«

»Ich?« Sie lachte verschmitzt. »Jetzt möcht ich ...«

Und endlich verstand Chicão, was Joaninha wollte. Weiterspielen wollte sie.

»Aber ich muß doch zur Arbeit, das Schiff ausladen!«

»Bloß noch ein bißchen, Chicão.«

Er sagte nichts mehr, sondern zog sie fest an sich, weil er wußte, daß sie seine Zärtlichkeit brauchte.

Später, gegen acht, stand Chicão auf. Joaninha war schon in der Küche, hatte Feuer gemacht und briet zwei fliegende Fische, die sie mit Mehlbrei und Kokosmilch anrichtete. Fliegende Fische sind das tägliche Brot der Armen.

Chicão machte sich auf den Weg. Jetzt schon, am Morgen, blendete das Licht so stark, daß er die Augen zusammenkneifen mußte. Das gehörte zu Macau. Und auch die Hitze. Die Arbeiter waren schon zeitig zu den Salinen hinübergegangen, die Fischer waren bereits in der Morgendämmerung aufs Meer hinausgefahren, und in den Straßen herrschte ein reges Treiben.

Am Strand der Fischer wuschen die Frauen ihre Wäsche, während ein paar Männer mit frischem Futter für ihr Vieh den Flußarm hinauffuhren. Etliche alte Fischer, die nicht mehr zäh und kräftig genug waren, die glühende Sonne auf dem Meer auszuhalten, hockten am Strand und besserten schadhafte Netze aus. Bronzefarbene, runzelige Gesichter hatten sie, zerfurcht von der Not und von der unbarmherzigen Sonne, mit Bärten, deren Weiß sich scharf vom Bronzeton der Haut abhob. Diese Männer hatten viel gesehen und erlebt; sie wußten eine Menge Geschichten zu erzählen, von der Küste, von Sturmfluten, vom Wind und von den Fischen. Sie waren die Bewohner des Elendsviertels bei den Salinen.

Chicão schritt fröhlich dahin, noch ganz erfüllt von der Erinnerung an die Zärtlichkeiten der Nacht und des Morgens. Irgendwas strich um seine Beine. Es war Leão, der Schiffshund, ein Draufgänger, der aber immer sehr scheinheilig tat.

»Zufrieden, Leão?«

Der Hund wedelte mit dem Schwanz.

»Ich glaube, du hast diese Nacht das gleiche getan wie Chicão, hab ich recht?«

Der Hund wedelte noch eifriger.

»Hast du den Roten gesehen?«

Wo der Hund war, konnte der Rote nicht weit sein. Da hörte Chicão auch schon seinen Namen rufen, und der Rote trat aus einem Laden und blinzelte mit seinem blauen Auge in der Sonne.

»Tag, Roter!«

Als Antwort kam ein Knurren.

»Wie siehst du denn bloß aus?«

»Ach, nichts!«

»Scheint ja fast, du hast sie nicht getroffen ...«

»Eben.«

Der Rote war völlig geknickt. Die ganze Nacht war er hinter einem Mädchen her gewesen und hatte schließlich doch nichts von ihr bekommen.

»Du hast es gut, Chicão!«

Der fand die ganze Sache etwas komisch und fragte zum Spaß: »Und die gelbe Margarida?«

»Bin bei ihr gewesen, aber ...«

»War sie da?«

»Ja. Aber sie hat gesagt, es geht nicht.«

Er konnte einem leid tun, dieser Rote, der von nichts anderem redete als von Weibern und nichts anderes im Kopf hatte. Chicão wechselte das Thema: »Fängt Schiffer Anton heute mit dem Löschen an?«

»Ja. Wir kommen gerade noch rechtzeitig hin.«

Sie bogen in die Uferstraße ein. Leão trottete neben ihnen her.

Der Hafen war voller Schiffe, alles Segler. Einige legten gerade an, andere setzten die Segel, um abzufahren. Bei den Trinkwasserbooten drängte sich eine Menge schmutziger, verschwitzter, sonnverbrannter Frauen mit hängenden Brüsten, runzeligen Händen und Gesichtern, um das kostbare Wasser in Empfang zu nehmen. Auch Kinder, Gassenjungen und alte Seeleute waren darunter.

Macau, das bedeutet herumstreunende Hunde und Kinder. Macau bedeutet Salz, Wassermangel, Maxixe-Lepra und Armut. In Macau herrschen Not und Elend, und es gibt nichts, was sie lindern könnte. Sogar die Stadtverwaltung ist so bettelarm, daß sie kaum helfen kann.

Da war auch schon die alte Sóia, das Kräuterweib aus dem Sertão, das Chicão immer an eine Legende erinnerte. In längst vergangenen Zeiten soll es einen besonders hübschen Fisch namens Sóia gegeben haben, der besonders vorwitzig war. Eines Tages wollte Unsere Liebe Frau übers Meer gehen. Sie blickte aufs Wasser und fragte: »Sóia, haben wir Ebbe oder Flut?« Die Unverschämte verdrehte die Augen und machte sich über Unsere Liebe Frau lustig, indem sie mit näselnder Stimme nachäffte: »Sóia, haben wir Ebbe oder Flut?« Da blieben ihr zur Strafe die Augen stehen, wo sie waren, und ihr Mund wurde schief für immer. Sie büßte ihre ganze frühere Schönheit ein und ist heute ein unscheinbares, armseliges Fischchen.

Die Sóia aus dem Sertão jedoch, deren Stimme Chicão jetzt vernahm, verkaufte Kräuter, die jedes Leiden kurierten. Auf dem Kopf trug sie einen riesigen Korb, aus dem Wurzeln herunterhingen und Blätter und Baumrinde. Die alte Sóia, krumm, runzelig und mit stockdürren Beinen, war stadtbekannt. Kaum zu glauben, daß sie solch ein Gewicht auf dem Kopf tragen konnte! Ihre kleinen, glanzlosen Augen sahen grauenhaft aus, erloschen wie die einer Sterbenden. Ihr verschrumpeltes Gesicht glich einer Cajunuß, das schmutzige und farblose Haar hatte sie zu einem winzigen Knoten am Hinterkopf zusammengedreht. Ihre Stimme war unverkennbar, ihr Singsang immer derselbe, und wenn der zahnlose Mund sich öffnete, gellte es schrill aus der verdorrten Kehle in den hellen, überhellen Tag hinaus:

»Kauft Juá, Jucá,
Chinarinde, Engelwurz, Mutamba,
kauft Angico, Pinienkern und Pfeffer,
auch Zitrone und Sodoro,
Catingueiro, Mameleiro, Cumaru.
Kauft Mulungu und Imbirasamen
und Amesca, Papaconha, Contra-erva,
dann Velame, Mussambê und Negerköpfe,
Abführknollen, Stärke, Tipi catucá und Koriander ...«

Der Gesang stockte, und sie schaute sich um.

»Wer will Gesundheit kaufen?«

Alle Welt wollte das.

Ein Käufer trat zu ihr und fragte: »He, Mütterchen, haben Sie Abführknollen?«

Sofort stimmte sie ihr Lied von neuem an, und wenn sie bei der richtigen Stelle angelangt war, hielt sie inne: »Ja, hab ich.«

Steckte sie zufällig mitten in ihrer Litanei, und jemand wollte ein Kraut vom Anfang haben, so sang sie erst seelenruhig ihr Sprüchlein zu Ende und begann dann erst von vorn. So war die alte Sóia. Sie legte stets bei denselben Kräutern Pausen ein, um Käufer anzulocken, und sie benutzte auch immer den gleichen Takt, denn dieses Lied gehörte ganz und gar nur ihr. Es war das Lied ihres Lebens.

Chicão sah der Alten nach, die sich in dem unerträglich grellen weißen Licht des Morgens aufzulösen schien. Nur ihre sonderbare Silhouette konnte er noch in der Ferne erkennen: zwei dünne Beine und auf dem Kopf den riesenhaften Korb. Die Stimme war jetzt kaum mehr zu hören und verklang am Ende der Straße:

»... Sodoro
Catingueiro, Mame ... lei ... ro, Cuma ... r ... u.«

Dann war die Sóia verschwunden. Einen Augenblick lang überwältigten Chicão die Erinnerungen an den Sertão: Sodoro, Catingueiro, Velame, Angico, Cumaru ... Sertão ... Die große Dürre ... Da hörte er auch schon Schiffer Anton rufen: »Wie steht's, Chicão? Kann's losgehen?«

Chicão zog das Hemd aus, und sofort klatschte die Sonne auf seinen breiten Rücken. Die Matrosen warfen sich Ballen und Säcke auf die Schultern und schleppten sie über eine Laufplanke an Land, während die Fluten des Rio Açu ihr Bild spiegelten: kraftvolle Körper, die sich zu den Sechzig-Kilo-Säcken niederbeugten, Kräne in Menschengestalt, deren Muskeln auf und nieder tanzten, auf deren Haut Schweiß perlte, Schweiß, der niedertropfte in das klare Wasser des Flusses. Die Fluten des Rio Açu trugen das Bild der Männer weiter zu den Salinen, wo sie zwischen Salzbergen in die Salzbehälter flossen. Dort nahmen sie ein neues Bild auf: Männer, denen es viel schlechter ging als jenen anderen, die Lasten auf dem Rücken zu schleppen hatten, Salinenarbeiter im weißen Salzgebirge zwischen steilen Salzpyramiden. Das öde, trostlose Dasein von Menschen ohne Hoffnung. Weiter draußen wurde das Wasser des Flusses dann von den Mühlen in die Salinen gepumpt, und dort hörte es schon die heulenden Lieder des Windes, der vom Meer gegen die Schaufeln blies ...

4
Das Fest

Margarida war feuerrot vor Eifer. Man nannte sie die gelbe Margarida vom Viergasseneck, der Straße der sieben Todsünden und was es sonst noch an Verworfenheit gibt. Sie war vergnügt, denn der dreizehnte Dezember stand vor der Tür, das große Fest des Santa-Luzia-Tages. Immer mehr Schiffe liefen in den Hafen ein, immer mehr Männer strömten an Land. So war's recht. Sie, Margarida, und ihre »Kinder« konnten es brauchen. Männer ... Wenn die Männer vom Meer kamen, dann klimperte Geld in den Taschen.

Jeder hatte seine Geschichte. Ihre eigene Geschichte war lang und erzählte von vielen Reisen. Margarida versah sie natürlich mit kleinen romantischen Schnörkeln, wobei ihre Stimme immer vor Rührung bebte, und sie rollte ihre großen Augen so überzeugend, daß sie zwischen den geschwollenen Lidern schwammen wie Dotter im Eiweiß.

Margarida stammte aus Portugal, aus Trás-os-Montes. Hatte einen Brasilianer geheiratet – an dieser Stelle sah sie die Umstehenden so vorwurfsvoll an, als wollte sie sagen: Oh, diese Brasilianer! Sie allein sind schuld am traurigen Schicksal, am grausamen Los der arglosen Margarida. Sie hatte also einen Brasilianer geheiratet und kam mit ihm in sein Heimatland. Ihr Mann aber wollte nichts von ehrlicher Arbeit wissen. Er war der größte Strolch unter der Sonne. Eines Tages schnappte ihn die Polizei. Und dann sorgten Winterkälte und ein feuchter Kerker dafür, daß er aus dieser Welt schied. Hier pflegte Margarida eine Pause einzulegen und den Zuhörern in die Ohren zu schreien: »Der Teufel soll ihn im tiefsten Höllenschlund braten, den Lump!«

Arm hatte er sie zurückgelassen, eine hilflose Witwe, sie bekam nicht mal einen Cruzado aus der Sterbekasse. Da sie Not litt, suchte sie eine Anstellung in einem Krankenhaus. Drei Jahre arbeitete sie dort. Das heißt, statt zu arbeiten, wurde sie träge wie ihr brasilianischer Ehemann und fett vom vielen portugiesischen Öl. Sie schaffte es, drei Jahre herumzubummeln, ohne daß jemand etwas merkte, und sich mit aller Welt zu verkrachen. Sie konnte reden wie ein Wasserfall, und niemand tat es ihr darin gleich. Sie war einfach furchtbar.

Wieder saß sie auf der Straße, allein, völlig allein und schutzlos in dieser weiten Welt. Zurückkehren nach Portugal? Mit Schande bedeckt? Niemals. Lieber sterben!

Also würde sie kämpfen. Alt war sie ja schließlich noch nicht. Und so kam es, daß ein Feldwebel in ihr Leben trat. Danach ... der Gemüsehändler von der Ecke ... Doch warum schlecht über andere reden? Sie kramte nur wenig davon aus. Immerhin lieferte eine Vielzahl von Männern, die hübsch nacheinander zu ihr kamen, den Beweis dafür, daß sie noch keineswegs zu alt war.

Und sie endete wie alle arbeitslosen Ausländerinnen, die nichts gelernt haben, in Rio, in der Manguestraße. Hier durchlief sie sämtliche Stufen des Dirnengewerbes bis zur Kupplerin. Das war eine Arbeit für sie! Da kannte sie sich aus! Man strengte sich nicht übermäßig an und verdiente doch recht nett. Natürlich gab es auch jetzt ewig Streit. Mancher Mann blieb mit einem blauen Auge auf dem Schlachtfeld, und manche Frau ließ Haare. Unverschämtheit zahlte Margarida immer heim, und nie erhielt sie Prügel, ohne sich zu revanchieren.

Mit einem Male wurde es in der Manguestraße Mode, galt als schick, wenn man in den Norden auswanderte. Es hieß, die Männer wären dort viel feuriger, und die Frauen könnten das Geld nur so scheffeln. Alle großen Bordelle gehörten Leuten aus dem Süden, und die wären schwer reich geworden. Man wußte ja, daß die Frauen aus dem Süden viel mehr Talent und Geschick für dieses Geschäft besaßen. Und so machte sich auch Margarida eines Tages auf; bepackt mit zwei Bündeln und anderem Kram, sah sie selbst aus wie ein drittes Bündel zwischen den beiden anderen. Gleichmütig ließ sie die Fahrt dritter Klasse auf dem alten Lloyddampfer über sich ergehen und landete an einem staubigen Morgen in Recife.

Allen Gerüchten zum Trotz, gab es hier jedoch mehr Kupplerinnen, als die Stadt verkraften konnte. Ja, wenn sie jung gewesen wäre! ... Aber nun war sie einmal da und mußte ihren Weg finden. Als sie hörte, in Natal sei es besser, fuhr sie hin. Doch dort war alles genauso. Kurz und gut, sie blieb schließlich in Macau hängen. Hier schlug sie Wurzeln, und von hier wollte sie nicht mehr weg.

Die Jahre verstrichen, und sie brauchte einen Platz, wo sie ohne Sorgen alt werden konnte. Es gab nichts Besseres als einen Hafen, um vor Anker zu gehen.

Heute besaß sie das beste Bordell von Macau. Sie hatte schwer darum kämpfen müssen, hatte gestritten, Prügel ausgeteilt, sich mit sonnverbrannten Männern gerauft. Jetzt aber nannte sie die sogenannten »Kinder« ihr eigen und regierte sie mit eiserner Hand. War es nötig, eins der Mädchen zurechtzuweisen, so sparte sie nicht mit Ohrfeigen, und ihr Schatz an groben Schimpfwörtern war unerschöpflich. Sie packte die widerspenstige Hure am Hals, und gab diese nicht nach, dann bekam sie einen Tritt in den Hintern.

Als sie in das Alter kam, in dem Frauen männliche Züge annehmen, legte sie sich noch ein paar Kilo Fett zu. Starker Bartwuchs verunzierte ihre Oberlippe, der Kropf wuchs beträchtlich, und unter dem Einfluß der tropischen Sonne verfärbte sich ihre europäische weiße Haut dunkelgelb. Sie sah zum Fürchten aus, doch hieß es, sie habe ein gutes Herz. Nur wenn einer versuchte, ihr an den Karren zu fahren, dann wurde sie gefährlicher als ein wildes Tier, ein Krokodil. Ein gelbkröpfiges Krokodil aus einem der Binnenseen.

Jetzt sah die gelbe Margarida knallrot aus vor lauter Betriebsamkeit. Die Königin vom Klub »Stern des Fortschritts« vom Roçadohafen sollte am Santa-Luzia-Tag gekrönt werden. Tanz würde es geben und viel Getümmel. Kurz, Männer waren in Sicht.

Sie mußte das Haus in Ordnung bringen, damit bis zum Eintreffen der Kunden alles gerichtet war. Männer mögen es, wenn ein Haus schön aufgeräumt ist, auch wenn sie später selbst alles durcheinanderwerfen.

Sie rief die Mädchen zu sich, sah sie genau an und prüfte jede Kleinigkeit.

»Du mußt dein Haar nach oben kämmen, Belinha. Du weißt doch, die Männer haben eine Schwäche für deine Ohren und deinen Nacken.«

»He, Marietta! Leg dich noch ein bißchen schlafen und nimm heut abend mehr Puder, damit du die schwarzen Ringe um die Augen zudeckst.«

»Chininha, komm her. Hör mal, du bist zweiundzwanzig Jahre! So jung, und schon Brüste, die fast bis zu den Knien baumeln! Wenn du mal so alt bist wie ich, kannst du dir's leisten, wie eine Milchkuh rumzulaufen. Aber du bist zweiundzwanzig! Bind die Dinger hoch! Männer sind doch keine Kälber!«

»Carlota. Ja, bist in Ordnung.«

»Lili, armes Ding, du darfst dich nicht mehr so anstrengen. Bist zu mager geworden ...«

Nach dieser Inspektion kehrte Margarida an ihre Arbeit zurück. Die Mädchen waren doch die reinen Engel. Zahlten ihre Pension und außerdem noch zehn Prozent ihres Verdienstes, dachte Margarida zufrieden, während sie ihr Bad bereitete. Mit einer Kürbisschale schöpfte sie Wasser in die Wanne und holte auch noch ein Handtuch und ein Stück Seife, »Marke Kinostern«. Heute brauchte sie sich um den Verdienst keine Sorgen zu machen, denn Männer gab es in Hülle und Fülle.

Margaridas Bordell war das vornehmste von Macau, berühmt wegen seiner Sauberkeit und wegen der Mädchen, die sie auftrieb. Sie nahm nicht jede auf, war sehr wählerisch und forderte eine Menge. Schwarze ließ sie nicht herein und auch keine Frauen mit Spuren von Wunden an den Beinen. Magere und Blutarme kamen nicht in Frage, obwohl sich solche oft anmeldeten und höhere Bezahlung anboten. Sie wurden unbarmherzig abgewiesen, denn Margarida wollte alles tadellos haben. Mehr als tadellos. Da ihr Bordell nun einmal als das beste von Macau galt, tat sie alles, seinem guten Namen Ehre zu machen.

Als Margarida sich in die Wanne setzte, stieg das Wasser so

hoch, daß es beinahe überschwappte. Jetzt schlugen ihre Gedanken eine andere Richtung ein. Morgen war Santa-Luzia-Tag. Margarida beschloß, in die Kirche zu gehen, lange zu der Schutzheiligen zu beten und eine extragroße Kerze für sie anzuzünden, damit sie ihre Augen beschützte. Es wäre doch zu traurig, blind zu werden wie so viele Salinenarbeiter, die versäumten, rechtzeitig zu Santa Luzia zu beten.

Heute abend würden die Salzarbeiter, meist Leute aus dem Sertão, die vor der Dürre geflüchtet waren, das Wetter vorhersagen, denn sie lebten zwar in Macau, doch ihre sehnsüchtigen Gedanken waren auf ihre Heimat, den Sertão, gerichtet, einen grünen Sertão, der in den Farben der Quixabeira- und Juàzeirobäume leuchtete. Sie würden kleine Salzbrocken von gleicher Größe mitbringen, zwölf Stück, für jeden Monat einen. Die würden sie auf ein Bananenblatt legen oder auch auf einen Bogen Zeitungspapier und in der Santa-Luzia-Nacht dem Tau aussetzen. Das Herz dieser Männer war voll von inbrünstigem Vertrauen und großer Erwartung. Am folgenden Morgen würden sie dann die Salzstücke betrachten. Jedes, das der Tau aufgelöst hatte, bedeutete einen guten Monat – eine Voraussage, die immer stimmte.

In den Jahren der Dürre, der furchtbaren Dürre, die gnadenlos den Sertão verheert hatte, waren die Prophezeiungen der Santa-Luzia-Nacht unfehlbar eingetroffen: Nicht ein einziges Salzstück hatte sich aufgelöst, und die Männer hatten geweint, weil sie, Sklaven der Salinen, fern vom freien Leben in der Heimat derjenigen gedachten, die noch immer vom Ertrag dieser undankbaren Erde lebten. Die Zurückgebliebenen wenigstens sollten glücklich sein, wenn schon ihnen hier das Glück verwehrt war. Deshalb weinten sie, wenn Santa Luzia ein trokkenes Jahr verkündete.

Margarida stieg aus dem Bad. Sie trocknete sich ab und begann sich anzukleiden. Dann kämmte und bürstete sie ihr Haar, das dank einem Verjüngungselixier fast schwarz geblieben war. Schließlich zog sie ein froschgrünes Kleid an, um ihren brasilianischen Patriotismus unter Beweis zu stellen, schritt durch den Wohnraum und sagte zu den Mädchen: »Kinder, macht euch zurecht! Macht euch fein! Denn heut wird's groß hergehen!«

»Wie schick Sie sind, Nhá Margarida!«
»Na hört mal, das bin ich doch immer, Mädels!«
»Aber heute mehr als sonst.«
Da lachte sie und sah die »Kinder« liebevoll an.
»Ich geh zum Markt und bestell mehr Bier. Will mich auch noch ein bißchen umsehen und ein paar Einladungen anbringen. Auf Wiedersehen, Kinder!«
Draußen war es grausam hell. Zuviel Sonne. Sonne, die einen bis ins Herz hinein versengt. Der gepeinigte Blick verkriecht sich unter den Brauen. Das Gesicht schrumpft zusammen. Doch die gelbe Sonne da oben ergießt sich wie flüssiges Blei beharrlich und ungerührt in den Tag hinein und ins Leben der Menschen.
Margarida ging hinunter zum Markt am Roçadohafen, wo sich die Seeleute trafen, die zum Santa-Luzia-Fest gekommen waren. Der Platz brodelte von Menschen. Die alte Sóia erschien mit ihrem Korb auf dem Kopf, stellte ihre Last auf den weißen Sand, breitete ein Stück Segeltuch aus und legte die Kräuter darauf zurecht. Sie hatte einen gut sichtbaren Ort für den Verkauf ihrer Heilmittel gewählt. Jeder, der sich irgendwie krank fühlte, kam zu ihr, um Medizin zu kaufen und schnell gesund zu werden. Manchmal hob sie den Kopf und betrachtete das vorübergehende Volk.
»Guten Morgen, Tantchen!«
Sie gab den Gruß zurück und begann ihren gellenden Altweiber-Singsang:

»Kauft Juá, Jucá,
Chinarinde, Engelwurz, Mutamba ...«

Ihr Lied schallte über den ganzen Marktplatz und wurde eins mit dem blendenden Licht der Sonne.
Überall waren Stände aufgebaut. Männer trieben Esel herbei, die schwer mit Tonwaren beladen waren. Billige Kattunstoffe in schreienden Farben schaukelten im Wind. Tausenderlei Trödelkram wurde angeschleppt. Adriano bot seine Lämpchen feil, die er aus Alteisen herstellte und deren Füße er dunkelgrün bemalte. Stimmen schwirrten, Menschen wimmelten durcheinander.

»Braune Bohnen! Drei Cruzados der Liter!«

»Stärkemehl, liebe Frau, fast umsonst!«

»Seht nur die gute Tapioka!«

»Hier gibt's Hängematten aus Palmfasern, die kommen aus Ceará! Ich hab auch Spitzen, schönes Fräulein. Spitzen, damit sieht eine Braut so schön aus wie ein Heiligenbild!«

Und das Mädchen griff mit zarter Hand nach den Spitzen, prüfte im hellen Sonnenschein, wie fein sie waren, während die Hand des Salinenarbeiters in den Bohnensack fuhr, um nach Maden zu suchen.

Säcke wurden eingerollt, leerten sich, und ihre umgekrempelten Oberkanten erinnerten an Wundränder.

»Wer will einen Papagei?«

»Wem soll eine Zigeunerin wahrsagen?«

»Weißer Stoff für Bettücher!«

»Kürbisse! Schaut euch meine Kürbisse an! Eßt Kürbisse mit Milch!«

»Kostet drei Cruzados, Doña. Das ist geschenkt. Wer kauft, kriegt noch einen Fächer als Zugabe.«

Frauen vom Land schoben sich vorbei. Sie trugen das Haar zu Zöpfen geflochten, es troff von parfümiertem, in der Sonnenglut geschmolzenem Juáöl.

Glücksspiele waren aufgebaut.

»Macht mit, Leute, kommt spielen!«

»Seid doch nicht bange!
Eidechse folgt der Schlange.
Jedes Kind hört auf zu lachen,
wenn's nur guckt, statt mitzumachen ...«

»Zweihundert Reis auf die Sechs!«

»Ein Cruzado auf die Zwei!«

»Fertig! ... Es ... giiibt ... die ... Drei! Niemand hat gewonnen!«

Leute drängten sich vorbei, stießen zusammen, und Polizisten in gelber Uniform warteten gespannt, ob es nicht irgendwo zu einer Rauferei kam, damit sie jemanden ins Kittchen bringen könnten.

Margarida ging an einer Bude vorbei.

»Hallo, da ist ja die gelbe Margarida!«

Sie blieb stehen, schaute sich um und wollte schon losschimpfen, als sie Chicão bemerkte.

»Ach so! Du bist es, Teufelskerl!«

»Komm, alte Hexe, gehn wir einen heben.«

Er zog Margarida zu sich heran und klopfte ihr auf die Schulter. »Bist ja heut so hübsch! Richtig zum Anbeißen! Gib ihr was zu trinken, Gabriel! Zwei Finger hoch.«

Margarida goß den Schnaps hinunter und schnalzte mit der Zunge. Ihre Augen glänzten.

»Noch einen Schluck?«

»Das könnt dir so passen, Verführer! Chicão, verdammter Kerl, wann kommst du denn wieder in mein Haus?«

Chicão lachte: »Dir hat wohl das gestern abend noch nicht gereicht?«

»Hat sie dich verprügelt, armes Schwein?«

Margarida konnte sich lebhaft ausmalen, wie sich Joaninha aufgeführt hatte. Sie betrachtete Chicãos starke, muskulöse Arme und bekam beinahe Sehnsucht nach der Zeit, als sie jung gewesen war.

»Sie hat mich ganz schön drangenommen, aber dann hab ich's ihr kräftig heimgezahlt, und genau das hat sie ja gewollt.«

»Na klar. Wenn eine Frau sich mit ihrem Schatz anlegt, dann geht's ihr schlechter als dem, der einen Hund mit einem zu kurzen Stock ärgert.«

»Man weiß ja sofort, was so ein Mädel will, und dann ist sie schnell kuriert.«

Margaridas Augen wurden plötzlich ganz starr, während sich ihr Gesicht zu einer boshaften Fratze verzog. Chicãos Blick folgte dem ihren, bis auch er sah, was sie so erregte. Chicão hielt den Atem an.

Keine fünf Meter weit entfernt stand, die Arme gekreuzt, Fabiano. Ja, Fabiano, der König im Armdrücken, der stärkste Mann, den es in den Hafenstädten des Nordostens gab. Er trug noch immer protzig das Messer mit dem Horngriff und den eingebrannten Zeichen als Verzierung, das Messer, das im Laufe der Zeiten von Hand zu Hand gewandert war, von einem Sieger im Armdrücken zum nächsten. Seit fünf Jahren gehörte es Fabiano. Schon lange hatte ihn niemand herausgefordert, denn wer das wagte, mußte seine Bedingungen annehmen. Das wußten alle, und keiner wolte aus Leichtsinn für den Rest seines Lebens gebrandmarkt werden.

Chicão strich sich über die rechte Hand und betrachtete die tiefe Narbe, die die Glut etliche Jahre zuvor in sein Fleisch hineingefressen hatte. Ihm war, als fühle er noch einmal den brennenden Schmerz der Wunde, der jedoch weniger schlimm gewesen war als die Niederlage, die Demütigung, den König der Armdrücker herausgefordert zu haben und besiegt worden zu sein. Seither hatte er den qualvollen Augenblick nicht vergessen können, als Fabiano gesagt hatte: »Na, Junge, jetzt hast du wohl gelernt, daß du einem Mann nicht unverschämt kommen darfst!«

Während die Glut sich in sein Fleisch fraß, hatte er geschworen: Eines Tages würde er sich rächen, würde die Königswürde erlangen und das Messer mit dem Horngriff im Gürtel tragen. Die Augen waren ihm damals naß geworden, aber nicht vor Schmerz, sondern vor Wut, und die gelbe Margarida, die jetzt neben ihm stand, hatte, um einer Entzündung vorzubeugen, frischen Rinderdung auf die Wunde gelegt.

Chicão sagte: »Ich weiß genau, Margarida, weshalb du so schaust, du gerissenes Aas. Ich weiß auch, was du denkst. Und was glaubst du, werde ich tun? Mich wieder sengen lassen!« Er zeigte auf die schwärzliche Narbe. »Und wenn die Hand draufgeht, weil ich Wundbrand kriege, der elende Bursche soll's mir bezahlen.«

Er ging auf Fabiano zu, seine Augen blitzten. Margarida wartete gespannt, denn jetzt würde es was geben, eine richtige Männersache.

Genau vor Fabiano blieb Chicão stehen, hielt ihm die Hand unter die Nase und fragte herausfordernd: »Erinnerst du dich noch daran, du Schuft?«

Fabiano hielt seinem Blick stand, musterte ihn von oben bis unten, spuckte ein Stück Kautabak in den Sand, wischte sich mit dem Handrücken die Mundwinkel trocken und fragte: »Und du, mein Junge, hast du noch immer nichts gelernt? Hast du nicht begriffen, daß man zu einem richtigen Mann nicht frech ist?«

»Nein, Fabiano! Heute bist du dran. Und wie! Jetzt krieg ich das Messer.«

Schon waren sie von Neugierigen umringt. Chicão schaffte sich Platz, trat zu einem Tisch, an dem gewürfelt wurde, riß, ohne um Erlaubnis zu bitten, das Tuch mit Würfeln und Spielmarken herunter und warf alles auf den Boden. Dann nahm er den Tisch auf die Schultern, pflanzte ihn vor Fabiano in den Sand und streifte das Hemd ab. Die Leute sahen den nackten, kräftigen, sonngebräunten Oberkörper, dessen mächtige Muskeln infolge der Erregung schwollen, als wollten sie die Haut sprengen. Das war Chicão. Heißblütig wie ein junger Stier, der in Raserei gerät, weil man ihn gebrannt hat. Seine Halsmuskeln zitterten, in seinem Inneren mußte jetzt ein wahres Höllenfeuer lodern.

Fabiano blieb gelassen. Ruhig und leise sagte er nur: »Geh nach Hause, Junge. Du zitterst ja vor Angst. Ich geb dir eine Minute, das zurückzunehmen.«

»Zieh dein Hemd aus, Fabiano. Wenn einer Angst hat, bist du's. Mir machst du nichts vor!«

Fast gleichzeitig schrien die Umstehenden: »Bist du feige, Fabiano? Gib ihm doch eine Lektion!«

Fabiano drehte sich einmal um die eigene Achse. »Ist gut.«

Dann fing er an, sich das Hemd aufzuknöpfen. Das Stimmengewirr ringsum wurde lauter, es schien, als liefe jetzt der ganze Markt hier zusammen. Das Geschrei und die Rufe der Händler und Hausierer verstummten. Alle wollten beim Armdrücken zuschauen. Sie ließen ihre Buden und Stände, in denen die Waren ausgebreitet lagen, im Stich, denn so einen Kampf durfte man nicht versäumen!

Das Marktvolk drängte sich heran und boxte sich mit den Ellenbogen einen Weg in die vorderste Reihe, um besser sehen zu können.

»Ich setz zehn Milreis auf Chicão!«

»Ich zwanzig auf Fabiano!«

»Noch zwanzig auf Fabiano!«

»Ich mach auch mit!«

»Zehn mehr auf Chicão!«

»Zwanzig auf Fabiano!«

Es regnete Wetten. Jeder meinte, auf den Richtigen zu tippen.

Sie wollten mit Fabiano gewinnen, der Meister war und Chicão schon einmal auf diesem Platz geschlagen hatte.

Fabianos Hemd fiel in den Sand. Seine behaarte Brust wurde sichtbar. Er war ein Ungeheuer an Kraft. Die mächtigen Arme konnten jeden Durchschnittsmenschen das Fürchten lehren, ebenso sein Hals, der geradezu riesenhafte Ausmaße hatte. Wenn man den enormen Schatten gewahrte, den sein Körper auf den Boden warf, mochte einem wohl bange werden. Jetzt strich er sich über die Brust, als wollte er sagen: Möchtest du's nicht doch lieber aufgeben, Junge? Im Nordosten gilt nur der als richtiger Mann, der zwei Geschlechtskrankheiten überstanden hat oder über einen starken Haarwuchs auf der Brust verfügt. Deshalb meinte Fabiano, er schüchtere den Gegner mit seiner Geste ein und lähme ihn, indem er ihn an seine Niederlage vom letzten Mal erinnerte.

Die Wetten gingen weiter.

»Wer ist denn Schiedsrichter?«

Margarida tippte sich auf die Brust und schrie in die Menge hinein: »Schiedsrichter bin ich!«

»Hoch! Die gelbe Margarida! Hoch!«

Diesmal schimpfte sie kein bißchen.

Ein Absperrseil wurde gespannt, damit die Widersacher unbehelligt kämpfen konnten.

Chicão sagte: »Letztes Mal hast du mir die Hand versengt. Diesmal laß dir was Besseres einfallen. Brennen ist nicht gut genug. Wie wär's mit Messerspitzen?«

»Messerspitzen! Messerspitzen!« schrie das Volk. Es wollte Messerspitzen.

Margarida forderte zwei Männer auf, mit ihren Messern auf den Kampfplatz zu kommen.

Fabiano hatte sich schon beim Tisch in Positur gestellt, und jetzt trat auch Chicão an seinen Platz. Beide legten ihre Arme auf den Tisch. Sofort wurde es ganz still. Margarida maß die Arme, hob sie langsam hoch und bezeichnete mit Kohle die Stellen, wo die Kämpfer ihre Ellenbogen aufstützen sollten. Wer den Ellenbogen von diesem Fleck wegbewegte, hatte den Kampf verloren.

Die Gegner gaben sich die Hände. Zwei Fäuste aus Eisen packten zu.

An den beiden anderen Seiten des Tisches stellten sich die zwei Männer mit den Messern auf; die Spitzen zielten nach oben. Bald würde sich eine von ihnen in einen Handrücken bohren.

Margarida nahm ihr Halstuch, schwenkte es und rief: »Achtung!«

Die Umstehenden starrten wie gebannt auf die Szene und hielten den Atem an.

»Eins ... zwei ... drei!«

Die Kraftprobe begann. Die beiden Männer arbeiteten, als wären sie Maschinen, Kräne. Ihre Muskeln verwandelten sich in Stahlfedern, die sich spannten. Leichte Zuckungen liefen durch ihre Arme. Schweiß brach aus den Hälsen, aus den Stirnen. Die Rückenmuskulatur wurde unter dem Druck der ungeheuren Anstrengung hart wie Stein.

Der Kampf dauerte nur eine Minute. Eine Minute, eine Ewigkeit.

Fabianos Arm kam ins Wanken. Die Menge murrte enttäuscht, stöhnte wie aus einem Mund auf. Das spornte den Meister an. Mit äußerstem Kraftaufwand brachte er den Arm wieder ins Lot, die Muskeln strafften sich noch mehr. Die Hände bebten. Die Zuschauer bebten. Und der Tisch bebte. Aber nur kurz. Plötzlich krachte es. Holz splitterte. Völlig unerwartet brach der Tisch auseinander, die Männer rollten in den Sand. Erschrocken schrie die Menge auf. »Bringt einen anderen Tisch! Einen anderen Tisch!«

Die beiden Gegner erhoben sich schweißgebadet, dankbar für die unvorhergesehene Verschnaufpause, dankbar, daß der Tisch den Zusammenprall zweier solcher Kraftprotze nicht überlebt hatte. Sie klopften den Sand ab, der an ihrem Körper klebte. Margarida lieh Chicão ihr Halstuch, damit er sich das Gesicht abtrocknen konnte.

»Bringt einen anderen Tisch!«

Und endlich kam der Tisch. Da niemand Platz machte, wanderte der Tisch von Hand zu Hand durch die Luft wie ein Baldachin bei der Prozession, bis er auf der Kampfstätte landete. Blieb nur noch die Markierung, und die Arme konnten wieder ihre Stellung beziehen. Ebenso die Messer. Das Tuch flatterte hoch: »Eins ... zwei ... und ... drei!«

Wieder spannten sich die Muskeln. Wieder ballte sich die Ewigkeit in einer einzigen Minute zusammen. Die Hälse bebten. Der Tisch bebte. Das Volk bebte. Die Messerspitzen bebten. Nur die Feuersonne am Himmel stand ganz still.

Als Fabianos Hand unsicher wurde, fing das Volk wie aus einem Munde zu buhen an. Mit einer mächtigen Anstrengung gelang es ihm noch einmal, in die Ausgangsstellung zurückzukehren. Darauf hatte Chicão gewartet. Er sammelte alle seine Kräfte, die ganze Gewalt seiner Muskeln in dem einen Arm ...

Fabianos Hand erzitterte und fiel plötzlich nieder auf die Messerspitze. Die scharfe Klinge stach ins Fleisch, drang ein, brach den letzten Rest seiner Kraft und kam zwischen ausströmendem Blut schimmernd auf dem Handteller zum Vorschein. Die Menge heulte auf und übertönte damit Fabianos Stöhnen.

Chicão gab die Hand frei. Er fühlte sich schwindlig und setzte sich in den Sand. Doch einen Augenblick später war er wieder auf den Beinen. Wild und aufgeregt trat er auf Fabiano zu und riß ihm mit einem Ruck ein ganzes Büschel Brusthaare aus. Dann lachte er und sagte halblaut zu den Zuschauern: »Da! Das ist höchstens gut für einen Ziegenbock, nicht für einen, der ein Mann sein will.«

Das Volk tobte. Überall auf dem Markt wurde sein Name gebrüllt: »Chicão! Chicão! Der neue König der Armdrücker! Chicão! Chicão!«

Fabiano wurde zur Apotheke gebracht, seine Hand war mit einem Stück Tuch umwickelt.

Chicão hob sein Hemd vom Boden auf, lachte. Dann drehte er sich nach Margarida um und blinzelte ihr zu.

Margarida beobachtete ihn, wie er davonging, der große Kerl, das prachtvolle Mannsbild, Chicão, der jetzt, gleich einer mächtigen Silhouette, auf die Sonne zuschritt, ein Schatten, der sich entfernte, mit dem wiegenden Gang der Männer vom Meer.

Als es Abend wurde und die Sonne erlosch, saß Chicão hoch oben auf dem Steuerhaus des Frachters. Er war allein auf dem Schiff. In der Ferne gleißten die Salinen, und ganz in der Nähe wand sich noch immer die Schlange der armen Leute, die auf ihre Wasserration warteten.

Er vernahm Schritte auf der Laufplanke zum Schiff, und als er sich umwandte, sah er Fabiano, den alten Fabiano, wie man den früheren Meister künftig nennen würde, den ehemaligen König der Armdrücker. Chicão sprang hinunter aufs Deck.

Fabiano konnte vor Erregung kaum sprechen. Das ersterbende Licht des Tages schimmerte in seinem gedemütigten Blick. Er faßte an den Gürtel und zog das Messer mit dem verzierten Griff heraus. Mit der blutverschmierten, verbundenen Hand überreichte er Chicão das wunderbare Messer und sagte mühsam: »Es gehört dir ... Hab keine Kraft mehr, es zu ... behalten ... Bin zu alt! ...«

Er drehte sich um, und ging, den Kopf gesenkt, über das schwankende Brett an Land.

5
Der Tanz

Endlich war er da, der Santa-Luzia-Tag. Die Männer, die während der großen Dürre aus dem Sertão nach Macau gekommen waren, strahlten vor Freude: Denn als sie am Morgen des dreizehnten Dezember nach den Salzbrocken sahen, hatte der Nachttau die ersten drei, den Januar, Februar und März, gänzlich aufgelöst. Santa Luzia voller Erbarmen kündigte an, in diesem Jahr werde es keine Dürre geben. Es werde viel regnen im Sertão von Rio Grande do Norte. Die Männer jubelten und fühlten sich mit ihren Brüdern im Inneren des Landes verbunden.

Auch Margarida war glücklich und froh, hatte sie doch am Vortag, als Chicão seinen aufsehenerregenden Sieg beim Armdrücken errang, Schiedsrichterin sein dürfen. Sie bewunderte den jungen Mann. Erstens, weil er so stark war. Zweitens wegen seiner Jugend. Drittens, weil er so kühn auftrat. Aber sie war auch vergnügt, weil die Salzbrocken so günstige Aussichten für den Sertão eröffneten. Und obendrein war heute ein Festtag, der große Einnahmen versprach. Ganz besonders für sie, denn Feste bedeuteten Vorsorge für ein ruhiges, gesichertes Alter.

Am Roçadohafen waren die Vorbereitungen für das Fest seit dem frühen Morgen im Gange. Die Tribüne, auf der die sechs

Tänzerinnen das Hirtenspiel mit Gesang aufführen sollten, war beinahe fertig aufgebaut. An den Tischen mit Roulett und Würfelspielen herrschte schon längst Betrieb. In den Buden der Losverkäufer wurden die letzten Nägel eingeschlagen und noch ein paar Fahnen und Palmblätter als Schmuck aufgehängt. Dann wurden die herrlichsten Preise auf die Borde gestellt: Krüge, Puppen, Schalen, Bälle, Tablette ...

Überall gab es Eis zu kaufen, und an allen Ecken und Enden schossen Stände aus dem Boden, an denen Zuckerrohrstücke, Kokosbonbons, gebratene Fische, gebackene Süßkartoffeln und Tapioka feilgeboten werden sollten, wenn es dunkel wurde und die Karbidlampen brannten. Der Karbidgeruch, der den Käufern in die Nase stieg, gehörte nun einmal zu den Festen der Armen.

Henrique Foxtrott hatte einen ganzen Block Eis erstanden und wollte am Abend Getränke mit richtigen Eisstückchen verkaufen: Groselha oder Zitrone, oder auch Maracujá. Seine Kunden sollten ihre Getränke ganz kalt bekommen ... Später, wenn der Betrieb abflaute, würde Henrique sich dann umziehen, eine weiße, gestärkte Uniform anlegen, das Haar mit duftendem Öl bürsten, die schwarze Krawattenschleife umbinden und zum Saal des Klubs »Stern des Fortschritts« marschieren. Kaum spielte die Kapelle einen Foxtrott, schon würde er ungeheuer steif zu den Damen hinüberstelzen und sie mit gewählten Worten zum Tanz auffordern, wobei er den Kopf fast zu den Knien beugte, die rechte Hand fest gegen die Brust gepreßt: »Wollen mir gnädigstes Fräulein die Ehre erweisen, diesen Foxtrott mit mir zu tanzen?«

Senhor Henrique Foxtrott war bei Tanzfesten absolut unentbehrlich. Sowohl wegen seines guten Geschmacks als auch deswegen, weil er so kultiviert war und so vornehm zu reden verstand ... Die jungen Mädchen, die jetzt zu Hause mit ihrer Toilette beschäftigt waren, liebten keinen Ball so sehr wie diesen, den sie sehnsüchtig erwarteten. Heute abend sollte die Königin vom »Stern des Fortschritts« gewählt werden. Jedes Mädchen sah sich schon als Anwärterin auf den Thron, spürte schon die Krone auf ihrem Haupt, die ihr die Herrscherwürde für eine Nacht verlieh. Die Vorsitzenden des Klubs legten letzte Hand an den Saal, den sie nach allen Regeln der Kunst geschmückt hatten. Später würden die Polizisten ihre Posten beziehen, denn bei den Festen der Armen in den Hafenstädten des Nordens kommt es immer zu Streit und Schlägereien. Wo Seeleute sind, gibt es Messer, und auch die Frauen fehlen nicht. Wo aber Frauen sind, gibt es Händel. Und wo Blut fließt, muß die Polizei zur Stelle sein. In den vergangenen Jahren war kein einziges Santa-Luzia-Fest im Frieden des Herrn zu Ende gegangen.

Endlich war der Abend da, und das Fest konnte beginnen. Das Volk strömte zusammen, schwatzend spazierten die Mädchen zwischen den Buden umher und lauschten den anzüglichen Bemerkungen der Burschen. Kleine Jungen kauften Lose und betrachteten sehnsüchtig den Preis: einen Gummiball, der sie angelockt hatte und den sie nie gewinnen würden. Wenn aber trotzdem einer Glück hatte und nicht den Ball als Preis wählte, dann dachten sie: Was hat der bloß für einen schlechten Geschmack!

Schon hörte man auch den Auktionator, der zum Besten der Kirche sein Geschrei anstimmte. Ja, zum Besten der Kirche. Aber siebzig Prozent des Erlöses steckte er in den eigenen Sack. Was dann noch blieb, bekamen die Heiligen. Laut dröhnte seine Stimme über den großen Platz.

Dort rieb sich einer das Auge, weil ihm ein Staubkörnchen hineingefallen war, und gleich regnete es gute Ratschläge: Heut ist doch Santa-Luzia-Tag! Und kaum hatte der Betroffene das Sprüchlein aufgesagt:

»Santa Luzia zu Pferde saß,
und ihr Pferdchen rupfte Gras.
Ich will dreimal kräftig spucken,
kann dann wieder richtig gucken«,

als wie durch ein Wunder das Staubkörnchen verschwunden war. Der Fromme aber spuckte dreimal kräftig auf den Boden.

Je dunkler es wurde, um so dichter wurde das Gewühl. Immer mehr Menschen strömten zum Fest herbei, von weit her, sogar aus dem Sertão. Die Landfrauen benutzten die Gelegenheit, sich in ihren unvermeidlich kürbisfarbenen Kleidern zu zeigen. Man erkannte sie schon von weitem, nicht nur an dieser Farbe, sondern auch an den herabhängenden Zöpfen mit den blauen Schleifen, an ihren Pantoffeln aus blankem Leder und daran, daß sie immer in ganzen Scharen herbeiflatterten, wie ein Taubenschwarm. Die Fortschrittlichen unter ihnen hatten von den kürbisfarbenen Gewändern genug und trugen nun Rosa oder Papageiengrün. Im Schein der Karbidlampen konnte man einen alten, in Leder gekleideten Viehhirten sehen, der sich in einen Winkel gedrückt hatte und Tabak kleinschnippelte. Er beobachtete das Treiben mit seinen winzigen Augen und flüsterte ein übers andere Mal: »Donnerwetter, was die für Krach machen! Soviel Menschen! Verschwendung ist das! Wieviel Zeug die in den Buden haben! Und aufdringlich sind die!«

Ein Seemann begegnete im Gewimmel einem Kameraden und rempelte ihn an: »He du, du siehst ja fein doof aus!«

Der andere grinste nur und antwortete sehr laut: »Merk dir's, ich laß mich von niemand frotzeln, nein, von dir nicht und von keinem anderen.«

Von tausend Dingen wurde geschwatzt. Hier lachte einer unbändig über einen schmutzigen Witz, dort warf einer mit unflätigen Ausdrücken um sich, ein anderer wiederum prahlte mit gewaltigen Heldentaten.

»... Und dann hab ich dem Mané nur darum keine geklebt, weil ich eben nicht Streit haben wollte ...«

Weiter drüben erzählte eine zahnlose Alte einer anderen Vettel von ihrem kranken Mann, der, wie sie sagte, nur deshalb so elend sei, weil seine Leber gelb geworden war.

Der Mann am Glücksrad grölte immer wieder dieselbe Litanei:

»... Jedes Kind hört auf zu lachen,
wenn's nur guckt, statt mitzumachen ...«

Und um ihn herum drängten sich kleine Jungen mit leeren Taschen und großen Augen. Wie gern hätten auch sie mitgespielt!

Einer spielte auf der Gitarre und sang dazu:

»Samen von Mussambê,
Kern von Mucuna,
Draußen auf der Kokospalme
singt der Vogel Guriata ...«,

während alte Weiber auf Tabletts Bonbons und Kandiszucker, Maniokbrei, Maismehlkuchen und Honigplätzchen feilboten. Und über dem Getümmel immer wieder gellende Rufe:

»Zuckerrohr! Zuckerrohr!«

»Heda, wer spielen will, soll zum ›Stern‹ kommen! Bei mir verliert keiner!«

»Geeiste Getränke! Geeiste Getränke!«

»Schaut, was für gute Limonade ich hab!«

»Maisplätzchen! Kauft! Kauft!«

»Sirup aus Ceará! Wer will meinen Sirup probieren?«

»He, ihr Leute! Wollt ihr was Gutes? Maniokbrei! Schmackhafter Maniokbrei!«

Ein Stimmengewirr ohnegleichen. Menschen kamen und gingen, stupsten einander, streiften einander, horchten auf den neuesten Klatsch, lachten, beschwerten sich und vereinigten sich zu einem Strom, der wildbewegt dahinflutete.

Hatte der alte Viehtreiber nicht recht, wenn er sich über diesen Rummel entrüstete?

Nach und nach ebbte der Festtrubel ab, und die Eröffnung des Balls rückte näher. Man ging heim, um sich schönzumachen.

Als Chicão nach Hause kam, war Tante Cristina schon fertig angezogen. Sie trug ein ganz neues prächtiges Gewand: eine überreich verzierte Bluse und einen Kattunrock mit Blumenmuster.

»Sie sind aber schick heut, Tante Cristina!«

»Geh du nur in die Kammer, dort kannst du sehen, wer schick ist!«

Er öffnete die Tür. Joaninha hatte gerade begonnen sich anzuziehen. Sie sah ihn an und lächelte. Chicão schloß sie in die Arme.

Ein wenig ärgerlich schob sie ihn zurück.

»Vorsicht! Du zerdrückst mir ja alles. Geh weg, ich möchte fertig werden.«

Er warf sich aufs Bett und schaute zu, wie eitel sein Mädchen sich putzte. Sie sah reizend aus. Ein Gürtel hielt das weiße Kleid eng zusammen, darüber rundeten sich die kleinen Brüste, die beiden Mandarinen, wie Tante Cristina sie genannt hatte. Das Goldbraun der Haut kontrastierte mit dem Weiß des

Gewebes. Ihr Haar, das bis zu den wohlgeformten Schultern reichte, trug sie natürlich offen.

Chicão verschlang sie mit den Augen, und am liebsten hätte er die ganze Herrlichkeit verdorben. Joaninha jedoch drehte sich um und sagte: »Gehen wir?«

»Ach, ich glaub, ich bleib doch lieber mit dir hier ...«

»Was für ein Unsinn. Los! Komm schon!«

Da stand er auf, zog die Bügelfalte an der Hose glatt, strich sich mit den Fingern durchs Haar und reichte ihr den Arm. Draußen leuchteten die Sterne. Chicão und Joaninha überquerten den Festplatz, gingen an den Würfelspieltischen vorbei, wo es noch hoch herging, so wie bei der Lotteriebude »Zum Stern«. Das Hirtenspiel war vorbei. Die leere Tribüne, auf der sechs braune Mädchen, in blaue und fleischfarbene Gewänder gehüllt, drei Stunden lang getanzt und Volkslieder aus dem Nordosten gesungen hatten, lag verlassen da. Beim Klub »Stern des Fortschritts« wimmelte es von Menschen, die alle Joaninhas Schönheit Bewunderung zollten. Vor der Eingangstür hing ein riesiger Stern aus Seidenpapier, hinter dem eine große Kerze oder vielleicht auch eine Petroleumlampe brannte. Wie er leuchtete! Einfach herrlich! Im Saal dröhnte die Musik, drehten sich die Paare. Die Mädchen sahen in ihren hübschen Kleidern bezaubernd aus. Henrique Foxtrott war wie immer untadelig vornehm, schlang den Arm um eine Dame nach der anderen und ließ sich keinen Tanz entgehen.

Immer mehr Menschen strömten herbei. Nebenan gab es Getränke und belegte Brötchen und sogar gebratene fliegende Fische, die köstlich dufteten.

Staunend betrachtete Chicão die wunderbar geschmückte Decke des Saales: grüne, gelbe, blaue und weiße Fähnchen bildeten zusammen eine gewaltige brasilianische Flagge, die über die ganze große Fläche reichte, ein wahres Kunstwerk.

Um ein Uhr früh kletterte Senhor Henrique auf einen Stuhl, klatschte in die Hände und bat um Ruhe. Sofort hörte die Musik auf, und alle spitzten die Ohren. Sie wußten schon, was jetzt kam. Die Jury hatte sich entschieden und würde den Namen des Mädchens bekanntgeben, das zur Königin vom »Stern des Fortschritts« gewählt worden war. Die Mädchen hielten vor Aufregung den Atem an. Welche von ihnen würde es sein? Welche war die Schönste des Festes? Man würde sie fotografieren, mit einem großen Blumenstrauß auf dem Schoß und im Haar die prächtige Krone. Links und rechts von ihr würden die »Prinzessinnen« stehen, die Mädchen, die den zweiten und dritten Preis bekamen. Und am nächsten Tag würde das Bild dann unter der Rubrik ›Aus der Gesellschaft‹ in der Zeitung erscheinen, mit dem hochtrabenden Begleittext: »Nach heißem und erbittertem Kampf wurde Senhorita Soundso zur Königin vom Klub ›Stern des Fortschritts‹ gekrönt.« Es hieß immer »Senhorita«, egal, ob eine verheiratete Frau gewann oder eine Witwe, ein unbescholtenes Mädchen oder eine leichtfertige Person. Hauptsache, sie war jung, dann galt sie als Fräulein. Mehr aber hatte das Blatt über sie nicht zu berichten. »Sie trug den Sieg davon über Senhorita X. und Senhorita Y., die den zweiten und dritten Platz errangen.« Ganz Macau würde diese Mitteilung voller Begeisterung lesen, und überall würde man hören: »Wie hübsch diese Soundso aussieht! Die hat es wirklich verdient!«

Feierlich richtete Senhor Henrique Foxtrott den Blick auf die Menge, hüstelte und begann: »Im Zusammenhang mit den Festlichkeiten, die alljährlich in diesem Rahmen stattfinden, hat das Preisgericht für die Wahl des schönsten Fräuleins, das wir feierlich zur Königin krönen ... Im Einvernehmen mit dem Geist der Gerechtigkeit, der den Beschlüssen dieser Kommission noch stets beratend zur Seite gestanden hat, wurde zur Königin des Klubs ›Stern des Fortschritts‹ gewählt ...«

Er unterbrach sich und betrachtete interessiert die erwartungsvollen Gesichter der Mädchen. Das machte er jedes Jahr so, um die Spannung zu steigern. Dann fuhr er fort: »... die Senhorita ...«

Alle hielten den Atem an.

»Joana de Jesus da Silva!«

Tosender Beifall, Hochrufe und Klatschen. Joaninha zitterte. Chicão riß die Augen auf und sagte fast verstört: »Aber das bist ja du, Joaninha!«

Tatsächlich, Joaninha war die Siegerin.

Wieder bat Senhor Henrique um Ruhe. Jetzt kamen die Prinzessinnen an die Reihe.

»Den weiteren Entscheidungen des Preisgerichts entsprechend, erhält den zweiten Platz Senhorita Belinha Braga.«

Wieder Klatschen und Hochrufe.

Endlich kam Senhor Henrique zum Schluß.

»Gemäß den Beschlüssen der Kommission wird außerdem prämiert Senhorita Lilica des Senhor Leocádio!«

Neues Klatschen.

»Achtung! Achtung! Der Fotograf soll sich melden, um die Krönung der Königin und die Prinzessinnen festzuhalten!«

Unter einem Regen von Konfetti aus Zeitungsschnipseln wurde Joaninha in die Mitte des Saals geführt. Man holte drei Stühle herbei, und sie nahm auf dem mittleren zwischen den beiden Prinzessinnen Platz.

Jede Dame hielt einen Blumenstrauß auf dem Schoß, doch die Blumen der Prinzessinnen konnten sich nicht mit dem Gebinde messen, das Joaninha an ihre Brust drückte. Jetzt setzte man ihr die Krone auf, die kunstvoll aus Goldpapier von Schokoladetafeln hergestellt war. Ein letztes Mal wurde geklatscht, dann trug man den Thron wieder hinaus, und Maestro Porfirio gab dem Orchester das Zeichen.

Als erster begann Leontino mit dem Banjo. Ihm folgte Pachecos Gitarre, Milano mit seiner Klarinette, und Loló begleitete sie alle auf dem Tamburin.

Das Fest strebte seinem Höhepunkt zu. Das Gedränge wurde immer schlimmer, und über den Tanzenden hing wie eine Wolke der Dunst von Alkohol und schwitzenden Leibern.

Und plötzlich passierte es: Dorcelino, der mit einem Mädchen tanzte und dabei schwankte wie eine besoffene Ratte, sah zu Pocks hinüber und bemerkte staunend, daß das Hinterteil seiner Partnerin geradezu unbeschreiblich auf und ab wogte. Da Dorcelino zweifelte, ob er seinem vom Schnaps getrübten Blick trauen konnte, erlag er schließlich der Versuchung und streckte die Finger nach ihr aus. Der Teufel wollte es, daß er viel zu betrunken war, um sie nur anzutupfen. Statt dessen kniff er sie kräftig in die eine Backe, und alle sahen es. Ja selbst wenn niemand was gesehen hätte: die Dame kreischte so laut, daß der ganze Saal aufmerksam wurde. Sofort waren Pocks und Dorcelino umringt, und vom Alkohol angefeuert, kämpfte jeder mit jedem. Die meisten wußten gar nicht, weshalb sie aufeinander eindroschen, und schlugen einfach wild um sich. Fäuste sausten herab, Stühle flogen, Maulschellen klatschten. Wie hatte der Moritatensänger einmal auf dem Markt gegrölt?

»Pack ihn dir, den Jungen,
eh' er weggesprungen!
Hau ihn tüchtig auf den Wanst,
wenn du ihn erwischen kannst!
Alle raufen wollen
und am Boden rollen:
Vater, Mutter, Tanten,
alle die Verwandten
prügeln sich mit Hieb und Tritt,
und ich mach da auch gleich mit ...«

Was für eine tolle Rauferei! Und warum? Weil eine braune Schönheit ihren Hintern um eine Spur zu auffällig geschwenkt hatte.

Die Polizisten pfiffen gellend. Jetzt wurde es gefährlich. Chicão packte Joaninha am Arm und schob sich mit ihr durch den Knäuel der Kämpfenden. Joaninhas wunderschöne Krone zerriß und hing über ihre Schulter herab. Die Blumen hatten ihre Blütenblätter verloren, sie hielt einen Strauß von kahlen Stengeln in der Hand.

»Wirf das doch weg«, sagte Chicão lachend.

Empört sah sie ihn an. Hatte er denn kein Herz? Sie stieß ihn weg und lief vor ihm her nach Hause.

Am folgenden Tag brachte die Lokalzeitung einen genauen Bericht über das wohlgelungene Krönungsfest. Zum Schluß hieß es: »Nur ein kleiner Zwischenfall trübte den Glanz des Festes.«

Ein kleiner Zwischenfall! Immerhin hatte es Löcher in etlichen Köpfen, blaue Augen und geschwollene Nasen gegeben, ganz zu schweigen von den zerfetzten Kleidern. Und außerdem waren einige Festteilnehmer – und das konnte nicht eben angenehm gewesen sein – hinter Gittern aufgewacht. So aber war es jedesmal. Das Santa-Luzia-Fest ohne blaue Augen und ohne Keilerei wäre ja überhaupt nicht lustig gewesen! Seeleute brauchen das, wenn sie Feste feiern. Glücklicherweise hatte es wenigstens keine Messerstecherei gegeben, da alle Männer durchsucht worden waren, ehe sie den Saal hatten betreten dürfen. Eine Vorsichtsmaßnahme, die den Organisatoren vom »Stern des Fortschritts« zur Ehre gereichte.

Nur einmal blickte Joaninha zurück und sah den Papierstern noch über der Eingangstür schaukeln. Aber sein Licht war ausgegangen. Chicão trottete hinter ihr drein. Als sie das Haus betraten, hatte sich Tante Cristina schon zur Ruhe gelegt. Sie gingen in die Schlafkammer, Chicão setzte sich neben Joaninha aufs Bett und zog die Stiefel aus. Er sah zu ihr hin und faßte sie am Arm.

»Hör mal, Joaninha, ich hab dir was zu sagen ...«

»Warte bis morgen.«

Sie begann sich auszuziehen. Das zerdrückte weiße Königinnenkleid fiel auf den Boden. Sie blies das Licht aus und spürte, wie Chicão näher rückte. Er strich mit seiner schwieligen Hand über ihr Gesicht. Es war ganz naß.

»Warum weinst du?«

Joaninhas Körper wurde vom Schluchzen geschüttelt: »Es war so schön ... das Fest ... Ich ... als wenn ich ... eine Königin wäre ... Und dann muß es so enden ...«

»Ach, Joaninha, das macht doch nichts!«

»Das sagst du bloß, weil du nicht gekrönt worden bist ...«

Jetzt ging Chicão ein Licht auf. Sie wußte also noch gar nichts davon. Ahnte nicht, daß sie seinetwegen Königin geworden war. Gewiß, sie sah hübsch aus und verdiente es. Doch hätte er nicht gestern den Sieg im Armdrücken errungen, wäre er nicht von einem Augenblick zum nächsten als Held dagestanden – er wollte wetten, man hätte sie nicht zur Königin gemacht ... Sie tat ihm leid.

»Nimm's nicht so schwer, Joaninha. War gerade gut so, denn das Fest ging schnell zu Ende, und ich hatte solche Sehnsucht nach dir ...«

Sie schmiegte sich in seine Arme.

»Ich wollte dir noch sagen, unser Schiff läuft übermorgen ganz früh wieder aus.«

Joaninha kehrte in die Wirklichkeit zurück. Ihr Liebster würde wieder aufs Meer hinausfahren. Sie klammerte sich an ihn, und während sie noch seine Hand, seinen Körper fühlte, packte sie schon die Sehnsucht, fürchtete sie sich schon vor den Tagen und Nächten, in denen er Huren mit blondgebleichten Locken zum Trinken einladen und dem dummen Gewäsch lauschen würde, das diese Weiber von sich gaben. Hatte sie nicht gesehen, wie zudringlich ihre Hände waren? Wußte sie nicht, daß die Männer zu diesen Weibern gingen, weil sie Sehnsucht hatten nach ihren Frauen, die zu Hause bleiben mußten und ihre Männer, wenn sie dann heimkehrten, mit offenen Armen und verlangendem Körper empfingen, keine Fragen stellten und alles verzeihen? Joaninha wußte, daß ihr eine Trennung von mehreren Monaten bevorstand, und so drängte sie sich mit aller Zärtlichkeit in Chicãos starke Arme. »Wann kommst du zurück?«

»Weiß nicht. Aber für die nächste Fahrt nehme ich ein gutes Angebot von Schiffer Damasceno an.«

»Auf der ›Gottesfinger‹?«

»Nein. Auf der ›Cabedelo‹.«

So war er immer. Nie konnte man voraussehen, wie es weiterging. Nur den Tag des Abschieds, den kannte man. Alles andere lag in Gottes Hand, hing ab vom Wind, von Unserer Lieben Frau der Seefahrer, vom Meer und von Sankt Peter.

Sie legte die Hand auf Chicãos Kopf und strich ihm übers Haar, das nach Mutambaöl duftete. Immer inniger streichelte sie ihn und seufzte dabei so leise wie die Schlaufe einer Hängematte, die sich langsam hin und her wiegt.

6
Der alte Malachias

Chicão schlenderte durch die Straßen und ließ sich zu seinem Sieg im Armdrücken gratulieren. Er war stolzgeschwellt, denn sein Ruhm würde in allen Küstenstädten verkündet werden, überall würde man ihn wegen seiner unerhörten Kräfte feiern! Weit und breit gab es keinen stärkeren Seemann als ihn, Chicão. Wie lange hatte er auf diesen Tag gewartet! Endlich trug er das Messer, durfte die Hand um den verzierten Horngriff mit den eingebrannten Zeichen schließen. Fünf Jahre lang hatte es Fabiano Seabra gehört. Jetzt würden die Männer vom Meer sagen, Fabiano sei alt geworden, und Chicão als den neuen König im Armdrücken anerkennen. Wohin immer sein Schiff ihn führte, niemand würde es wagen, ihn verächtlich zu behandeln, geschweige denn, ihn zu einem Zweikampf im Armdrükken herauszufordern.

Chicão betrachtete den rechten Handrücken mit dem unauslöschlichen Brandmal und erinnerte sich, wie die Hand gebrannt hatte, und noch mehr an die Worte: »Na, Junge, jetzt hast du wohl gelernt, daß du einem Mann nicht unverschämt kommen darfst!«

»Hallo, Chicão! Sieger im Armdrücken! ...«

Chicão erkannte die Stimme, die aus einer Hütte kam. Er wandte den Kopf und entdeckte den alten Malachias, der ihm, auf einen Stock gestützt, mit seinem verhutzelten Gesicht zulächelte. »Guten Tag, Onkel Malachias! Wie geht's?«

»Chicão! Stärkster Mann von Macau! Komm herein und schwatz ein bißchen mit dem ältesten Alten von Macau.«

Onkel Malachias war tatsächlich der älteste Bewohner der Stadt. Einige behaupteten, er wisse alles, was sich in vergangenen Zeiten ereignet habe, und erinnere sich an all die vielen Menschen, die längst unter der Erde ruhten. Manche glaubten sogar, er könne zaubern und im Meeressand die Zukunft lesen.

Chicão betrachtete den Greis. Wie uralt er doch war! Möglicherweise schon über hundert Jahre. Sein Gesicht sah aus wie angesengtes Pergament, mit tiefen Furchen, in denen kleinere Falten und winzige Runzeln saßen, ganze Generationen von Runzeln. Zwischen seinen farb- und formlosen Lippen sahen die Zähne hervor, gelb vom unaufhörlichen Tabakkauen. Der alte Malachias lachte. »Chicão! Stärkster und stattlichster Mann der Küste!«

Die Worte kamen schleppend, als müßten sie einen weiten Weg zurücklegen. Es fehlte aber kein einziges.

»König der Armdrücker ... Komm rein, Chicão, und unterhalte dich ein bißchen mit diesem Alten, der selbst einmal jung war und vor langen Jahren sogar König der Armdrücker.«

Er zeigte auf eine Bank, und Chicão setzte sich.

»Du hast doch keine Angst vor mir, nicht wahr, Chicão?«

»Warum sollte ich denn Angst haben, Onkel? Du bist der älteste Mann von Macau, aber deshalb muß mir doch nicht bange vor dir sein?«

»Ha! Alle Welt fürchtet sich vor diesem Alten. Wirklich. Die Gassenjungen laufen weg, wenn er kommt, und die Hunde auch, und die Mädchen bekreuzigen sich, wenn er vorübergeht. Der einzige, der nicht fortrennt, ist Hochwürden Honório. Der ist eben auch alt.«

»Aber ich hab keine Angst, Onkel Malachias.«

»Ich wollte schon seit langem mit dir reden, Chicão. Sie behaupten ja, ich sei ein alter Bösewicht, aber das stimmt nicht. Ich wollte dir gern was sagen. Ich kann nämlich alles sehen, sogar das Schicksal der Menschen. Und ich hab's nicht vom Teufel.« Er schlug ein Kreuz über die Lippen, um den Bösen zu vertreiben. »Bei den Augen der Santa Luzia, nein ... Chicão, ich muß dir was sagen. Aber du bist nie zu mir gekommen. Da hab ich dich gerufen ...«

»Na, dann sag's mir eben jetzt.«

Zitternd erhob sich der Alte und sah Chicão fest und durchdringend in die Augen.

»Chicão! Die Erde ist nicht verdorrt. Die Erde ist nicht gestorben.«

Chicão erschauerte. Der Alte hatte sich plötzlich in einen Fremden verwandelt. Seine Stimme hatte einen anderen Klang, als spräche nicht er selbst, nicht dieser blöde Greis, dessen Körper schon beinahe verweste.

»Ja, Chicão, König der Armdrücker. Die Erde ist nicht gestorben. Das Wasser kehrt zurück. Das Laub wird wieder grün. Die Flüsse schwellen. Die Stauseen füllen sich ... Du bist es, der gestorben ist. Vor drei Jahren ist dein Herz verdorrt. Du kehrst nie wieder dorthin zurück. Dein Herz ist tot.«

Chicão wischte sich den kalten Schweiß von der Stirn.

»Woher willst du das wissen? Wer hat dir das gesagt?«

»Ich sah es, Chicão. Der Meeressand erzählt mir das Schicksal der Menschen. Es ist traurig, was ich erfahre. Ich weiß alles, was hier geschieht, und ich sehe alles voraus, was kommen wird. Und mit dir, Chicão ...«

»Was ist mit mir, Onkel Malachias?«

»Willst du wirklich wissen, was dir bevorsteht, Chicão?«

»Ja, alles will ich wissen.«

»Dann hol mir eine Handvoll Sand vom Fischerstrand.«

Chicão lief zum Strand, füllte die Hände mit weißem Sand und kehrte zurück.

Als er in die Hütte trat, saß der alte Malachias auf einer zerschlissenen Matte.

»Leg den Sand hierher und setz dich zu mir.«

Er schob die ausgemergelten, ledrigen Hände unter den schimmernden Sand, hob ihn in die Luft und ließ ihn wie durch eine Sanduhr zwischen den Fingern durchrieseln.

»Du bist der König der Armdrücker. Viele beneiden dich um deine Jugend und deine Kraft. Aber nicht für lange ...«

»Wieso, Onkel? Werde ich das Messer mit dem Horngriff nicht eine Weile lang behalten?«

»Der Sand sagt, du wirst es für immer behalten.«

»Aber was bedeutet denn all das, was du vorher gesagt hast?«

»Der Sand ist zu Ende, Chicão. Laß mich noch eine Handvoll nehmen.«

Wieder schob er die Hände unter den Sand und hob ihn hoch. Wieder wurden die mageren, eingetrockneten Finger zur Sanduhr. »Chicão, jetzt sehe ich es ganz deutlich: Die Erde ist nicht gestorben, aber dein Herz, das ist verdorrt. Vor der dürstenden Erde bist du geflohen, aber auf dürstender Erde wirst du zugrunde gehen.«

Fiebrige Erregung packte Chicão. Es war ihm, als presse eine glühendheiße Zange seine Kehle zusammen. Sein Mund war plötzlich ausgetrocknet, und einen Augenblick lang verließ ihn alle Kraft.

»Ja, Chicão. Drei Jahre ist es nun her, und die Erde ist dennoch nicht gestorben. Die große Dürre ist vorüber, und der Sertão wird wieder grün. Der Regen macht das Seridótal fruchtbar, der Apodi füllt sich mit Wasser. Die Sonne hat viel von ihrer Macht verloren, seit der Regen sie abgekühlt hat. Und jetzt kommen die Menschen zurück. Alle, die nicht für immer von rotem Staub bedeckt an den Rändern der Straßen liegengeblieben sind, kehren heim. Neues Leben erwacht. Bald wird der Sertão grüner leuchten als das Meer... Chicão, die Erde konnte nicht sterben. Dein Herz aber ist verdorrt.«

Malachias unterbrach sich und starrte den Burschen an. Der war aschfahl im sonnengebräunten Gesicht, und seine Augen blickten verstört.

»Soll ich dir den Rest erzählen?«

»Ja.«

Wieder ergriff der Alte eine Handvoll Sand, betrachtete ihn verzückt. Die tausend Runzeln in seinem Gesicht begannen zu tanzen, als seien die Erfahrungen in diesem Augenblick lebendig geworden.

»Chicão, Chicão! Nimm dich in acht! Vor der Insel Manuel Gonçalves ... Die Insel. Ein Fluch liegt über dir. Schlimm sieht es mit deiner Zukunft aus. Weißt du, was die Insel Manuel Gonçalves ist? Weißt du es?«

»Nein, Onkel. Keine Ahnung.«

»Es ist so: Diese Insel hat was mit dir zu tun. Sie ist ein Stück der Vergangenheit von Macau. Und du wirst es sein, der sie wieder auftauchen sieht.«

Er hob die Hände zu seinem weißen Haupt und fuhr klagend fort: »Mein alter Kopf kann nicht vergessen. Er behält alles, was vor langer, langer Zeit geschah. Es war im Jahre 1825. Wie mir mein Vater erzählte, lag die Stadt Macau zu dieser Zeit nicht hier, sondern erstreckte sich über die große Insel Manuel Gonçalves. Viele Häuser hatten sich die Menschen dort gebaut, einen Hafen hatten sie angelegt und eine hübsche Kirche errichtet. Sie lebten so wie alle anderen Menschen. Sie gingen zum Fischfang, sie zankten sich, sie starben. Aber es hieß, Gott habe die Insel verflucht. Er habe ihr seinen Segen entzogen.

Und da geschah etwas Seltsames. Die Leute merkten, daß das Wasser mit jeder Flut höher stieg und nach und nach die Insel überschwemmte. Zuerst meinten sie, das habe nichts zu bedeuten, es käme vom zunehmenden Mond. Als aber der Mond wieder abnahm, stiegen die Fluten noch höher und immer höher. Da erkannten sie die Wahrheit. Nicht die Flut war schuld, sondern die Insel. Die Insel versank.

Das also war der Fluch Gottes. Angst und Verwirrung überkamen die Menschen. Sie beteten viel. Doch sie vermochten damit nicht die Überschwemmung der Insel aufzuhalten. Es gab nur einen Ausweg. Sie mußten Macau aufs Festland verlegen. Und das taten sie. Aber es blieb ihnen nicht genügend

Zeit, alles mitzunehmen. Die Flut stieg und stieg, und die Insel sank immer schneller. Sie hatten nur wenige Schiffe, und es wurde höchste Zeit, die Bewohner der Stadt in Sicherheit zu bringen. So fuhren sie denn alle zum Festland hinüber. Das Meer stieg höher und höher, fast die ganze Insel war nun schon überspült, begraben unter Wassermassen, die in die Häuser drangen, die Fenster erreichten und über den Dächern zusammenschlugen.

In den Hütten und Unterkünften, die sie auf dem Festland errichtet hatten, beteten und weinten die Frauen. Weinten über eine ganze Stadt, die zugrunde ging. Die Insel ›Mané Gonçalves‹ versank. Sie starb den Tod des Ertrinkens. Und mit ihr ging alles dahin, was die Menschen im Schweiß ihres Angesichts geschaffen hatten. Es versanken die Kämpfe und Mühen, die Träume und Zwistigkeiten, die Toten, die ganze Vergangenheit verschwand in der Tiefe des Meeres. Und die Menschen beobachteten bis zum letzten Augenblick diesen lautlosen Untergang ihrer Insel, diesen Tod, dieses allmähliche Versinken im nassen Grab der See.

Nur das Kreuz der Kirche hatten sie noch mitnehmen können ...«

Der alte Malachias machte eine Pause und sagte dann: »Wenn du mir nicht glaubst, Chicão, dann geh zur Kirche und sieh, ob du das Kreuz findest. Die Menschen bauten nun das neue Macau auf, eine Stadt, in der wiederum Fischer lebten, in der es viel Streit gab und viele Tote. Sie kämpften, sie begannen ganz von vorn. Als ich auf die Welt kam, war Macau schon groß. Und was sich dann ereignete, habe ich miterlebt. Deshalb weiß ich soviel. Ich kenne alle. Und trotzdem behaupten sie, ich sei ein Zauberer, treibe Hexerei und tue Böses ...«

»Aber Onkel, sagtest du nicht, die Insel hat was mit mir zu tun?«

»Ja. Denn die Insel kommt wieder. Sie wird aufsteigen und neu erstehen. Und unglücklicherweise wirst du es sein, der sie sieht, die Insel. Du wirst der erste sein und vielleicht auch der letzte. Wenn du aber nicht glaubst, was ich dir sage, dann geh zu Hochwürden Honório und sprich mit ihm. Frag ihn, ob es die Insel gegeben hat oder nicht. Sieh dir auch das Kreuz an.

Darunter steht die Jahreszahl 1825. Mein alter Kopf vergißt das alles nie mehr.«

Zögernd wühlten seine Finger in dem Sand, der gehäuft auf der zerfetzten Matte lag. Stummer Sand, Meeressand, was erzählt er uns?

Das Gesicht des Alten war jetzt wie erloschen, die Runzeln regten sich nicht mehr. Er sah wieder aus wie ein verhutzelter Greis, mit einem etwas blöden Blick. Ratlos und nachdenklich blickte Chicão ihn an. Die Geschichte, die der alte Malachias erzählt hatte, bedrückte ihn.

»Wenn du willst, kannst du gehen, Chicão, König der Armdrücker, stattlichster Mann der Küste.«

Chicão stand auf und half dem Alten, sich wieder auf die Bank zu setzen.

»Was ist mit dir, Chicão, du zitterst ja?«

»Hat nichts zu sagen, Onkel.«

Er wandte sich zur Tür.

»Ich gehe jetzt. Auf Wiedersehen, Onkel!«

Er war erst ein paar Schritte gegangen, als er den alten Malachias rufen hörte. Er drehte sich um.

»He, Chicão, nimm dich in acht vor Katzen! Eine Katze kann viel Unheil über dich bringen!«

Chicão ging davon, tief beeindruckt von der Erzählung des Greises. Aber mußte sie denn wahr sein? Wahrscheinlich war der Alte schon halb verrückt mit seinen hundert Jahren! Ja, er war verkalkt. Wie konnte es eine Insel geben, die versank und dann wieder auftauchte? Und ausgerechnet er, Chicão, sollte Zeuge dieses Vorgangs sein? Unsinn! Was wußte der Sand schon über seine Zukunft zu erzählen? Natürlich fürchteten sich die Leute vor dem Alten, natürlich bekreuzigten sich die jungen Mädchen, wenn sie ihm begegneten. Weil er verrückt war. Aber er, der König der Armdrücker, er kannte keine Furcht.

Chicão verließ den Roçadohafen und ging durch belebtere Straßen. Als er zur Markthalle kam, trat er ein, um nach Bekannten Ausschau zu halten. Sofort erregte er Aufsehen. Seine Arme besaßen ja auch königliches Format. Malachias hatte gesagt, nun würden viele ihn beneiden. Ach, dieser alte Malachias! Er war ja verrückt. Ihm solche Geschichten aufzutischen! Als säße ihm, Chicão, ein Krokodil im Nacken!

Plötzlich fiel ihm ein, er könnte in die Kirche gehen, Hochwürden Honório aufsuchen und ihn fragen, ob die Sache mit der Insel stimme.

Es war schon Abend, als er bei der Kirche anlangte. Noch eine Stunde, dann würden überall die Lichter aufflammen. Er trat ein und blickte sich um.

Da stand das Schiff, das die Männer vom Meer Unserer Lieben Frau der Seefahrer gestiftet hatten. Jedes Jahr trugen es die Matrosen mit ihren starken Armen in der Prozession, nachdem sie es mit Girlanden verziert hatten, und sangen dazu schöne Lieder. Es meldeten sich immer so viele Träger, daß er noch nie an die Reihe gekommen war. Jetzt aber war er der König der Armdrücker; jetzt würden sie ihm bei der nächsten Prozession vielleicht doch einen Platz überlassen.

In der Sakristei traf er Hochwürden Honório, dessen Haar so weiß leuchtete wie die Salzpyramiden und zum Schwarz der Soutane scharf kontrastierte. Chicão trat auf den Geistlichen zu und küßte ihm die Hand.

»Nun, Chicão, alle Welt weiß schon, daß du der Held des Tages bist. Von nichts wird so viel geredet wie von deiner Kraft! Na? ...«

Chicão senkte den Kopf und lachte. Wie froh er war! Alle Leute sprachen von seinen Muskeln, sogar Hochwürden Honório.

»Nicht der Rede wert, Hochwürden. Ich bin gekommen, weil ich Euch was fragen möchte.«

»Gewiß, gewiß. Willst du nicht vielleicht beichten?«

»Nein, das nicht. Wißt Ihr was über eine Insel, die Mané Gonçalves heißt?«

»Manuel Gonçalves? Die Insel Manuel Gonçalves? Wer hat dir denn davon erzählt, Chicão?«

»Also hat es sie wirklich gegeben?«

»Ja, sicher, mein Sohn. Die Insel Manuel Gonçalves ist versunken, aber schon vor langer Zeit. Ja, das stimmt. Und dann haben sie die Stadt Macau hier aufgebaut. Vorher lag sie auf der Insel. Sie wurde hierher verlegt, als die Insel zu versinken begann. Wann war das doch? Warte! 1825 war's.«

»In welchem Jahr, Hochwürden?«

»1825.«

1825 ... Chicão erbleichte. Dann hatte der alte Malachias vielleicht doch keinen Unsinn gefaselt? Die Insel war dagewesen und 1825 untergegangen, genau wie er es erzählt hatte. Chicão fühlte, wie ihm der Schweiß über den Rücken lief.

»Aber was ist denn los, Chicão? Warum wolltest du das alles wissen?«

»Der alte Malachias hat mir was davon gesagt ... Ja, er ...«

»Wenn du magst, Chicão, kannst du dir das Kreuz aus der Kirche des alten Macau ansehen. Es steht hier, rechts beim Eingang. Dort ist es, Chicão, das große Kreuz aus dem dunklen Holz.«

Chicão stützte sich auf das Schutzgitter vor dem Kreuz. Da stand es also. Und darunter las er die noch gut leserliche Jahreszahl 1-8-2-5.

»Ist dir schlecht, Junge?«

»1825 ...«

»Ja. Achtzehnhundertundfünfundzwanzig. Ein Datum. Hundert Jahre her. Ein Jahrhundert und ein paar Jahre mehr sind an diesem Kreuz vorbeigezogen. Ein Nichts im Vergleich zu den Jahrtausenden, mein Sohn, die unsere Erde erlebt hat.«

»1825. Die Insel war da und ist versunken ...«

»Aber was hast du denn nur, Chicão? Das kann doch jeder wissen, ohne sich darüber Gedanken zu machen. Das ist doch heute ganz unwichtig. Was hat dir der alte Malachias denn erzählt?«

»Er hat gesagt, die Insel war da. Und sie kommt wieder. Ich werde sie sehen. Der Sand lügt nie. Und ich bin vor der vertrockneten Erde geflohen und sterbe einmal auf dürstender Erde. Mein Herz ist verdorrt.«

»Unsinn, Junge. Das hat er nicht ernst gemeint. Er ist nicht mehr ganz richtig im Kopf. Das ist das Alter ...«

»Ja, wahrscheinlich. Also gut. Danke, Hochwürden ...«

Er küßte dem Pater die Hand und ging fort. Wanderte zur Uferstraße, setzte sich am Straßenrand hin und betrachtete den Betrieb am Kai. Die Schiffe, die auf dem Rio Açu ankerten, lagen ruhig da, ganz ruhig. Ganz anders als auf dem Meer draußen. Fest zusammengerollt schlummerten die Segel auf den Schultern der Masten. Da lag auch die »Ricardo Barreto«, der schönste Küstenfrachter des Nordostens, mit der Gürtellinie, die ihn von jedem anderen Schiff gleicher Größe unterschied.

Es war nicht viel los am Kai. Chicão nahm sich vor, noch einmal mit dem hübschen Schiff zu fahren, danach aber auf Schiffer Damascenos »Cabedelo« anzuheuern.

Es war schon fast dunkel. Nur noch die Schlange der Wasserholenden mit ihren Blechkanistern war zu sehen. Wasser, dachte Chicão, Wasser war hier beinahe so viel wert wie Geld. Wasser, ach Wasser!

»Chicão, das Wasser kehrt in den Sertão zurück. Das Seridótal, der Apodi, alles wird wieder grün ... Aber dein Herz ist verdorrt ...« Er wandte den Blick und schaute hinüber zu den spitzen weißen Salzbergen, die im letzten Tageslicht schimmerten. Seine Augen wurden feucht. Das waren die Salinen, die Menschenleben zerstörten, die Menschenfüße aufrissen ... Wenn die Dürre den Sertão überfiel, dann barsten die Füße der Erde. Die Menschen gewöhnten sich an die klaffenden Wunden, die Erde jedoch nicht. Jede neue Trockenheit verursachte ihr Pein. Jetzt regnete es im Sertão. Nach drei langen Jahren erbarmte sich Gott der Menschen.

Aus der Erde des Sertão war Chicãos Herz geformt, das eines Tages wider ihn aufbegehrt und ihm entgegengeschrien hatte: »Diese verfluchte Erde, sie ist gestorben! ...«

O Sertão, dem ich meine Kraft verdanke und den ich immer vor mir sehe. Immer! Immer!

Auch jetzt erblickte Chicão seine Heimat. Während er aufs dunkle Meer hinausschaute, sah er den Sertão so, wie er ihn gesehen hatte, als er zum Leben erwachte ...

7
Jugend

Es war an einem Sommerabend – die Hitze hatte die Erde des Sertão von Rio Grande do Norte bersten lassen –, als Chicão plötzlich da war. Er hatte sich in den Schatten des Tores gekauert und wartete. Wartete auf das, was kommen würde. Und das konnte der Tod sein. Er war ein Junge von etwa zwei oder drei Jahren. Vater Neco entdeckte das Kind, das reglos dasaß, den Blick über die Baumwollfelder hinweg in die Ferne gerichtet; er bückte sich.

»Na, Kleiner, was sitzt du so da? Möchtest du was?«

Der Junge, dessen schmutziges, halboffenes Hemd seinen bis auf die Knochen abgemagerten Körper freigab, sah ihn mit stumpfem Blick an, legte die Hände schalenförmig zusammen, hob sie in die Höhe und flehte mit kaum wahrnehmbarer Stimme: »Wasser!«

»Komm. Wir gehen ins Haus. Ich gebe dir Wasser.«

Der Junge klammerte sich an das Tor und versuchte aufzustehen, aber seine Kräfte reichten nicht aus. Er schlug die Hände vors Gesicht, als komme das Schwindelgefühl von den Augen, und sank wieder zu Boden.

»Armes Kerlchen! Bist grad wie die Rinder, wenn sie vor Durst zusammenbrechen. Da muß man ihnen schnell auf die Beine helfen, sonst sterben sie am selben Fleck.«

Vater Neco nahm das Kind auf den Arm. Es wog fast nichts und fühlte sich an wie ein Häufchen Knochen. Wenn ich es nicht gefunden hätte, dachte er, wäre die Trockenheit schon morgen um ein Opfer reicher, und die Aasgeier auch.

»Wie heißt du, Junge?«

»Chico«, sagte der Kleine schwach.

»Woher kommst du? Wer ist dein Vater?«

»Der Zigeuner. Hat mich dagelassen. Ist fort.«

So, also die Zigeuner. Die gab es hier massenhaft. Sicherlich waren auch sie, wie viele andere, auf der Flucht vor der sengenden Sonne und hatten das Kind hier auf der Fazenda abgesetzt, weil ihr Besitzer weithin als gutherzig bekannt war und sie damit rechneten, daß man den Jungen finden und sich seiner annehmen werde. Mit Kindern haben die Menschen im allgemeinen mehr Erbarmen als mit Erwachsenen.

So kam es, daß der Sertão Chicãos Heimat wurde, doch er sollte zeitlebens ein Zigeuner bleiben, ein Zigeuner und ein Geschöpf der durstenden Erde.

Vater Neco befestigte noch eine Hängematte in seiner Hütte, und Nhá Rosa, die schon drei Kinder hatte, wurde wieder einmal Mutter, diesmal aber ohne Geburtswehen.

Viele Winter mit ihren Regengüssen kamen und gingen.

Trockenzeiten brachen über den Sertão herein, und Chico wuchs heran, in vollkommener Freiheit. Er zehrte von der Kraft des Sertão, wenn dieser üppig grünte, und härtete sein Herz ab, wenn die mörderische Sonne regierte.

Das Land von São Tomé war außerordentlich fruchtbar. Pedro Azevedo, ein sehr gütiger Mensch, den Chico Onkel nannte, hatte sein Haus im Laufe der Zeit mit neun Nachkommen bevölkert. Donana, seine Frau, tat es der fruchtbaren Erde gleich und war eine gute Hausfrau und Mutter. Chico wuchs mit ihren Kindern auf, spielte mit ihnen und freundete sich besonders mit Liberato, dem ältesten Sohn, an, während er sich tagein, tagaus mit Chico, seinem Namensbruder, zankte. Immer war er ausgelassen und der Anführer bei allerhand Streichen. Als Zwölfjähriger zeigte er deutlich ein herrisches Wesen. Sein Zigeunerblut machte sich bemerkbar, und sein heftiges Temperament trat immer erschreckender hervor. Er lechzte nach Freiheit, war ungestüm wie ein junger Ziegenbock. Er durchstreifte die Berge, kein Weg und kein Steg blieben unentdeckt. Oft verbrachte er ganze Tage am Stausee, um zu schwimmen und zu tauchen. Sein Freiheitstrieb war nicht zu bändigen.

Pedro Azevedo wollte etwa ganz Besonderes aus dem wilden Jungen machen, gab es aber schließlich auf. Er schickte ihn auf die Dorfschule in Barcelona, doch Chico schwänzte sie meist, zerriß Bücher und Hefte, gab der Lehrerin Schimpfwörter, stieß die Pulte um oder zog die Mädchen an den Haaren, wenn er ihnen nicht gar die Röcke hochhob ... Kein Wunder, daß man ihn nicht behalten wollte, nicht einmal unter der Bedingung, daß er darum bat. Dem Jungen saß wahrhaftig der Teufel im Leib.

Als Liberato, der in Natal zur Schule ging, einmal in den Ferien zu Hause war, fragte er Chicão: »Warum willst du denn nichts lernen, Chico? Tu es doch! Wenigstens, damit du ein bißchen lesen kannst.«

»Ich will aber nicht. Ich mag's einfach nicht.«

»Warum denn bloß? Alle Kinder müssen lernen ...«

»Ich will nur die Zahlen lernen. Damit ich zählen kann. Bringst du mir die bei?«

»Weshalb denn grade die? Niemand lernt Zahlen, bevor er nicht lesen kann.«

»Ich will's aber trotzdem.«

»Und wozu soll das Zählen gut sein?«

»Damit ich später einmal weiß, wie man Geld zählt.«

Da half alles nichts. Er war eben ein Zigeuner. Wofür sollte er lernen? Reiner Zeitverlust! Täglich drei Stunden lang den Hintern auf der harten Holzbank in der Schule scheuern? Doña Maria da Penha zuhören, deren kreischende Stimme einem in den Ohren gellte? Was für einen Sinn hatte es? Schien nicht draußen die Sonne? War der Stausee nicht bis oben voll Wasser und das Wasser voll Enten? Sollte er zur Schule gehen, wenn es grade Mittag wurde und die Tauben in Scharen von den Bergen herbeigeflogen kamen, um am Stausee zu trinken? Er brauchte sich nur mit seiner Schleuder im Gestrüpp zu verstecken und abzuwarten, bis sich der ganze Haufen niederließ. Huiii! machte es dann, und schon lagen mindestens zwei zukkend auf dem Boden. Manchmal, wenn es ihm gelang, Liberatos Luftgewehr zu stehlen, brachte er mehr als vierzig Tauben nach Hause. Und am Abend trug dann die alte Köchin Mariana eine große Schüssel mit gebratenen Vögeln und geröstetem Maniokmehl auf. Pedro Azevedo blickte im Kreis herum und fragte: »Wer war das? Wer ist heute auf der Jagd gewesen?«

Er sah Chico an, der an jedem Abendessen im großen Speisezimmer teilnahm. »Das warst du, nicht wahr?«

Dann verzog sich Chicos Gesicht immer zu einem breiten, zufriedenen Lächeln, und er sagte rasch: »Ja, ich, Onkel.«

»Das heißt also, du bist wieder mal aus der Schule entwischt.« Er wiegte den Kopf und fuhr betrübt fort: »Nimmst du denn nie Vernunft an, Chico? Vater Neco sagt, er ist es allmählich müde, dich zu verprügeln, denn es nützt ohnehin nichts.«

»Er schlägt mich aber auch nicht gern ...«

Pedro Azevedo verkniff sich ein Lachen und wandte sich wieder seinem Teller mit den gebratenen Tauben zu.

Schule? Wofür? dachte Chicão. Die Esel lebten doch auch. Und die Kühe, die Ziegen, die Schafe. Sie alle gediehen prächtig, ohne sich mit Buchstaben abquälen zu müssen.

Die Leute behaupteten, er sei ein Zigeuner. Nun, wenn Zigeuner so lebten wie er, dann wollte er gern einer sein. Er mußte das Gefühl haben, frei zu sein. Lernen, was der Sertão ihn lehrte, das war genug. Später einmal wollte er dahinterkommen, wie man das Vieh von den Stichen jener Insekten heilt, deren Larven schwärende Wunden verursachen. Davon verstand nämlich Vater Neco etwas. Der war Rinderhirt und konnte seine Tiere mit Gebeten heilen. Er folgte der Spur des kranken Rindes, und auf einmal, bums!, kniete er voller Zuversicht nieder, sprach einige Worte und verwischte die Spuren des Tieres im Sand. Und schon war es das gefährliche Geschmeiß los. Wenn abends das Vieh auf den Hof zurückkehrte, sah man nur noch eine saubere Wunde. Einmal hatte Chico einen ganzen Tag lang beobachtet, wie Vater Neco die Fährte der Kuh Princesa besprach. Princesa muhte auf einmal langgezogen, so als fühle sie einen großen Schmerz... Und dann krochen haufenweise Maden aus der Wunde. Viel Blut strömte nach, füllte die Öffnung und tropfte auf die Erde. Aber die Wunde wurde sauber, ganz sauber. Wenn er einmal groß war, wollte er herausfinden, wie Neco das anstellte. Und dann würde er der größte Viehbader im ganzen Land werden.

Schule? Nein! Solange er lebte, wollte er ein freier Mann bleiben, genauso frei wie jetzt als Junge. Unabhängig wie der Felsenkaktus, den weder der Regen noch die große Hitze stört, der hoch oben auf den zerklüfteten Abhängen des Gebirges wächst und immer grün bleibt.

Zur Schule gehen? Was für ein Unsinn! Er gehörte in den Sertão, mit seinen Dornbüschen, den Juremabäumen, deren gebogene Stacheln den Viehhirten die Haut aufreißen, wenn sie entlaufenen Rindern nachhetzen. Wie schön war der Wald der violetten Juremabäume. Sie hatten die Farbe des Gewandes, das unser Herr Jesus auf seinem Kreuzweg in der Kirche zu Barcelona trug.

Das war seine Welt. Dieser ganze grenzenlose Sertão. Er wollte zusehen, wie die Tiere, von der Hitze getrieben, ans Wasser kamen, sich zu laben. Wie sich die Rieseneidechse auf die Suche nach den Nestern jener Hühner machte, die vom Hof weggelaufen waren und ihre Eier unter Catingabüsche gelegt hatten. Wieviel Spaß es machte, einer Eidechsenfährte nachzuspüren, dieser feinen, wie mit der Messerspitze gezogenen Linie im Sand. Man mußte dem Tier sehr behutsam folgen, denn es hatte verdammt scharfe Augen. Wenn es aber seinen Verfolger nicht sah, ließ es sich sehr leicht fangen, denn ein schwerhörigeres Tier gibt es im ganzen Sertão nicht. Ach, und der Mocó, der Hamster. Die Fallen versteckte man unter Steinen und nahm dann abends einfach die toten Tiere heraus. Wie gut ihr Fleisch schmeckte!

Wenn er einmal groß war, wollte er einen weißen Hamster fangen. Alle Welt sagte, der weiße Mocó sei in Wirklichkeit die Seele eines Verstorbenen und zeige sich nur, um den Jäger zu narren. Immer wieder wurde die Geschichte von Balbino Riesenohr erzählt, die dieser selbst aufgebracht hatte. Balbino war einmal losgezogen, um Mocós zu jagen. Mitten im Gebirge erspähte er auf einem Felsblock einen weißen Mocó. Vorsichtig legte er das Gewehr an, aber ehe er schießen konnte, war das Tierchen verschwunden. Er ärgerte sich und fing an, es zu verfolgen, schlich sich leise auf allen vieren an und ahmte das Pfeifen der Mocós nach. Da kam die Antwort, und weit oben erschien das weiße Wild. Als er aber die Flinte hob, verschwand es wie beim erstenmal. So ging es weiter bis zum Abend. Einmal tauchte der weiße Mocó über ihm auf, dann huschte er an ihm vorbei den Abhang hinunter, um sich plötzlich wieder oben zu zeigen. Verstimmt kehrte Balbino nach Hause zurück. Er schwitzte wie ein Ochse unterm Joch und war todmüde. Am Gürtel hing ihm die leere Jagdtasche. Nichts hatte er erbeutet. Nun ja, warum mußte er sich auch mit einem weißen Mocó einlassen? Seither war Balbino Riesenohr, der größte Jäger der ganzen Gegend, überzeugt: Wer Erfolg beim Jagen haben will, darf den weißen Hamster nicht beachten, ja er muß so tun, als sehe er ihn nicht. Denn dieses Tier führt ihn, um seine Artgenossen zu schützen, in die Irre. Es ist die reinste Zauberei. Jäger, die sich von der Schönheit und der Größe der weißen Mocós verführen lassen, sind wie behext und verlieren nur unnütz Zeit, denn wer bringt es schon übers Herz, eine arme Seele zu erschießen?

Dennoch gibt es jemanden, der einen weißen Mocó erlegt hat. Es ist der Indianerjunge, der gelegentlich in den Straßen von Barcelona auftaucht und, weil er nirgendwo hingehört, dort schläft, wo ihn die Nacht überrascht. Das macht ihm nichts aus. Er ist Indianer und nährt sich von Käfern, Maden, Regenwürmern. Die Leute sagen, er sei verrückt. Aber eines stimmt ganz sicher: Er hat einmal einen weißen Mocó erwischt. Und die Leute sagen, seither sei er noch verrückter. Wie kann man auch nur eine arme Seele morden ... Einerlei, später wollte Chicão einen weißen Mocó erlegen ...

Eines Tages war Chico erwachsen. Da nannte man ihn nicht mehr Chico, sondern Chicão. Seht, wer da kommt, hieß es im Sertão: Seht ihr ihn? Das ist Chicão.

Er war ein stattlicher junger Mann, breitschultrig, mit sonngebräunter Haut und glänzendschwarzem Haar, das er mit Mutambaöl glättete. Er ritt ein weißes Pferd, trug kein Hemd und sang. Sang, weil er sich noch genauso frei fühlte wie als Junge.

»Vollmond ist heut,
und der wird bald vergehn,
denn Unsre Liebe Fraue von den Höh'n,
die gab Sankt Peter ihren Sohn ...
Da ward uns Christ geboren schon.
Weil das Gottes Werk bedeutet,
Küster hat die Glock geläutet,
und die Sonn besteigt den Thron ...«

Heda, Chicão, du leuchtender, freier Sertão! Von Wissen unbeschwerter, gesunder Sertão! Grausamer Sertão, der dennoch so glücklich ist! Sertão, der an die Wundertaten des Pater Cicero glaubt und daran, daß man Insektenbisse besprechen kann, Sertão mit den tausend Spuk- und Geistergeschichten.

»Chicão, Teufelskerl, hör doch um aller armen Seelen willen auf damit!« schrie Nhá Rosa von drinnen und bekreuzigte sich.

Chicão stand vor der Hütte und schrie wie ein Esel in der Abenddämmerung. Nhá Rosa hatte Angst, weil dieses Geschrei Gespenster anzieht. Es gab Leute, die waren drei Tage lang wie von Sinnen gewesen, so, als sei ihrem Leib die Seele abhanden gekommen, nur weil sie wie Esel geschrien hatten. Vater Neco schwor, daß vor Einbruch der Nacht die Seelen des Sertão oft in Rindergerippe schlüpften. Er hatte es leibhaftig erlebt, damals, als er sich gegen das schwere Tor hatte lehnen müssen, um nicht umzufallen vor Angst. Kreuzschwerenot! Sei verflucht! Sei verflucht, du Satan! Seine Beine hatten gezittert wie das Gezweig der Fedegosobüsche am Stausee, als vor ihm das Gerippe eines Rindes aufgetaucht war und laut gebrüllt hatte. Plötzlich war das Gespenst still geworden und hatte dann mit menschlicher Stimme gesagt: »Melke mich, um Gottes willen! Melke mich, um Gottes willen!« Aber wie sollte er denn ein Skelett melken? Da hatte Vater Neco sich ein Herz gefaßt und hatte drei Ave Marias gebetet, damit Unsere Liebe Frau von der Lichtmeß der verdammten Seele den Weg erleuchte. Danach hatte er dreimal ausgespuckt und den Speichel mit Tabaksaft aus seiner Pfeife vermischt ... und schon war das Gespenst verschwunden.

Doch der Sertão hat noch andere Geheimnisse.

Um sechs Uhr abends ist die Stunde der gepeinigten Seelen. Da tragen sie Kuhglocken um den Hals und verscheuchen damit die jungen Mädchen, die sich beim Wäschewaschen und beim Schwatz über ihren Liebsten am Ufer des Stausees verspätet haben.

Manche sagen auch, der Vogel Soco, der immer so still und trübselig am Rand der Wasserstelle steht, sei die Seele eines Malariakranken, der von Fieberschauern geschüttelt starb, ohne daß man ihm helfen konnte.

Und die bleichen Seelen derer, die verdurstet waren? Sie waren von weit her gekommen und hatten in äußerster Not die Blechbecher gehoben und gefleht: »Wasser! ... Nur ein bißchen Wasser! ... Ein bißchen Wasser! ...«

Lachend kam Chicão auf seinem Pferd angeritten. Er sang, denn er war frei. Er glaubte nicht an Gespenster, glaubte nicht an sie, weil er die Seele eines Zigeuners besaß und ein Kind der durstigen Erde war. Er ritt bis vor Nhá Rosas Hütte, öffnete das Gartentor und trat ein. Im Zimmer brannte schon die Petroleumlampe. Die Kinder kamen herbeigeströmt und schrien wie aus einem Mund: »Chicão ist da! Chicão ist da!«

Das war immer ein Fest für sie. Chicão sattelte das Tier ab und gab ihm Wasser. Dann hängte er ihm einen Futtersack mit Mais um und leerte schließlich seine Sandalen aus, um keinen Schmutz ins Haus zu tragen. »Guten Abend, Nhá Rosa! Guten Abend, Vater Neco!« Er setzte sich neben den Alten und fragte freundlich: »Geht's den Nieren besser?«

Vater Neco strich sich über den Rücken und klagte: »Ach was, mein Sohn. Ich werd eben alt. Alt und unnütz. Bin nichts mehr wert.«

Na, na! dachte Chicão. Alt schon, aber immer noch nicht zu alt, um Nhá Rosa Jahr für Jahr ein neues Kind zu machen...

»Ich hab das Kalb nicht gefunden. Ist wie verhext. Bin überall gewesen. Wirst sehen, es ist irgendwo verendet, und die Aasgeier sind schon dran. Morgen finden wir's. Morgen früh seh ich in allen Gräben und Senken nach und hol es raus.«

Er stand auf und ging in die Küche. Nhá Rosa war dabei, das Essen zu kochen. Die irdenen Töpfe standen auf dem Herd, und Nhá Rosa kauerte am Boden und blies das Feuer an. Er klopfte ihr auf die Schulter.

»Wie steht's, Alte, hast du gutes Maniokmehl? Ich bin furchtbar hungrig.«

Sie lachte: »So gut wie fertig, Zigeuner. Gleich fertig. Geh, wasch dir's Gesicht, es ist bald soweit.«

»Ich laß das Pferd im Stausee baden. Bin in einer Minute zurück.«

Als er bei Pedro Azevedos Haus vorüberkam, sah er diesen am Torpfosten lehnen.

»Guten Abend, Onkel Pedro!«

»Ah, Chicão! Hast du's gefunden?«

»Bis jetzt noch nicht. Aber morgen such ich weiter. Gott zum Gruß, Onkel. Ich will das Pferd waschen und dann essen.«

Pedro Azevedo blickte der dunklen Gestalt nach, die in der Richtung des Stausees verschwand. Er sah gut aus, dieser Zigeunerjunge. Fremdartig. Ungebunden. Unbezähmbar. Er dachte an Liberato, seinen ältesten Sohn, der dieses Jahr in Recife sein Rechtsstudium abgeschlossen hatte und den er nächstens zu einem Ferienaufenthalt auf der Fazenda erwartete. Das Personal würde ihn Doktor Liberato nennen. Und er, Pedro Azevedo, würde sehr stolz auf ihn sein... Er hörte Wassergeplansch und Chicãos lautes Lachen vom Stausee her. Offenbar badete er mit seinem Pferd zusammen. Tauchte den nackten, gebräunten Körper in die laue Flut des Sees. Der war kein Doktor. Nicht einmal lesen hatte er lernen wollen. Dafür aber besaß er etwas, das Pedro Azevedo zu schätzen wußte: Er kannte jeden Winkel des Sertão und paßte sich instinktiv seinem Lebensrhythmus an. Pedro Azevedo dachte an Chicãos Werdegang, an seine verschiedenen Wandlungen.

Pater Adelino, der jetzige Domherr, hatte einmal gesagt, als Pedro Azevedo ihn in Barcelona besucht hatte: »Weißt du, was mit Chicão los ist? Der Junge hat eine unerhörte Lebenskraft, und die bricht überall aus ihm heraus. Er ist aus einem guten Stoff gemacht, aber weiß noch nicht, was er will, und kennt sich nicht ...«

Und damit hatte der Pater wohl recht.

Chicão war zu einem rauflustigen, starken und furchtlosen Gesellen herangewachsen. Einmal hatte Pedro Azevedo ihn vorgenommen und ihm eine saftige Tracht Prügel verabreicht, denn er war der einzige auf der Fazenda, den Chicão respektierte. Schweigend, mit zusammengebissenen Zähnen, hatte er die Schläge hingenommen und sich danach vor Kummer vier Tage lang im Gebirge versteckt. Wollte nicht mehr zurück. Er selbst, Pedro Azevedo, hatte ihn schließlich holen müssen. Der Bursche lag geduckt da wie ein Jaguar und wollte nicht mit ihm sprechen. Sein Blick war vorwurfsvoll, und seine Hände bluteten, denn er hatte in blinder Wut mit den Fäusten auf die Steine eingedroschen. »Sei gescheit, Chicão. Komm, wir gehen jetzt nach Haus ...«

»Sie haben mich gehauen, Onkel ... Vor allen Leuten von der Fazenda ...«

»Ich bin jetzt aber nicht mehr böse auf dich. Es ist vorbei, Chicão. Komm mit!«

Es kostete ihn Mühe, den Jungen zu überreden. Und als Chicão schließlich nach Hause zurückkehrte, war damit nichts erreicht, denn immer wieder gab es dieselben Schwierigkeiten, die Pedro Azevedo mit Engelsgeduld auf sich nahm. Chicão war ja der Erde des Sertão ebenso tief verbunden wie er, dem sie gehörte, und außerdem war Chicão fleißig. Ja, das war er. Er packte jede Arbeit an. Nur festlegen wollte er sich nicht. Manchmal arbeitete er an der Baumwollpresse, schuftete, bis er fast umfiel vor Müdigkeit. Wenn Pedro Azevedo gerade zu hoffen begann, Chicão hätte endlich das Richtige gefunden, war dieser schon auf der Suche nach einer anderen Beschäftigung. Keiner wußte besser mit der Schafherde umzugehen als

Chicão, keiner behandelte die Tiere liebevoller und pflegte sie so sorgfältig wie er, doch nie länger als eine Woche oder einen Monat lang. Denn schon hatte ihn die Lust gepackt, die Axt zu schwingen. Von Sonnenaufgang bis zum Einbruch der Nacht stand er mit nacktem Oberkörper da und spaltete Holz für die Maschine, in der die Baumwolle entkernt wurde. Kaum hatte er sich ausgetobt, trieb er mit Vater Neco das Vieh auf die Weide, bis er auch das satt hatte und sich statt dessen damit vergnügte, den ganzen Tag lang Wasservorräte ins Haus zu schleppen oder bei der Baumwollernte zu helfen. Was immer er anpackte, gelang ihm. Er sammelte mehr Baumwolle als jeder andere Arbeiter, doch während er noch damit beschäftigt war, die weißen Flocken zu pflücken, dachte er darüber nach, wie lustig es sein müsse, Agaven zu pflanzen. Nichts konnte ihn lange fesseln. Ein merkwürdiger Bursche...

Chicão liebte diese Erde. Sein zärtlicher Blick umfing die ganze Fazenda, streichelte die Zweige, den Zaun, die Steine. Und immer wieder zog es ihn ins Gebirge. Er war kein Vagabund, denn er nahm jede Arbeit ernst und blieb unermüdlich den ganzen Tag dabei, vergnügt und immer mit einem Lied auf den Lippen. Aber tagaus, tagein das gleiche tun?

Einmal glaubte Pedro Azevedo fast, die Lösung gefunden zu haben. Er nahm Chicão als Beifahrer auf seinem Lastwagen nach Natal mit. »Das könntest du machen, Chicão. Du würdest zuerst Lula beim Ausladen helfen... Später lernst du selbst fahren. Und wenn ich einen zweiten Lastwagen kaufe, bekommt den einen Apolônio, den anderen übernimmst du.«

Chicãos Augen leuchteten. Er riß sich das Hemd vom Leib und lag singend hoch oben auf den Baumwollballen, während der Wagen auf endlosen Straßen nach Natal rollte.

Natal, ach! Was war das für eine schöne Stadt! In jeder freien Minute lief Chicão zum Kai hinunter und schaute sich die Fährboote an, betrachtete die Küstenfrachter mit ihren steilen Segeln und die Kähne, die, von mächtigen Staken und muskulösen Männerarmen angetrieben, den Rio Potengi hinauffuhren, der hier immer Wasser führte. An seinem Oberlauf, wo Pedro Azevedos Fazenda lag, trocknete er manchmal aus, und dann konnte man mit dem Ochsenwagen das Flußbett hinauf kutschieren. Wie oft war er darin auch mit Liberato um die Wette geritten!

Etwas weiter draußen lag der Hafenkai, an dem große Schiffe anlegten. Man konnte zusehen, wie hübsch gekleidete Menschen mit Handschuhen und Hüten die Schiffstreppe herunterkletterten und in wartende Autos stiegen, mit denen sie Stadtrundfahrten machten ... Wie anders war dieses Leben als das Leben im Sertão!

Auf dem Rückweg fuhren sie von Markt zu Markt und kauften Baumwolle auf, die sie später wieder verkaufen würden.

Als Chicão sechs Monate herumgereist war, und Pedro Azevedo gerade wieder zu hoffen begann, Chicão hätte Geschmack an diesem Wanderleben gefunden, hatte es bereits all seinen Reiz verloren. Ewig auf denselben Straßen fahren, denselben Staub schlucken, das eintönige Knirschen der Räder auf dem sandigen Boden hören, nein! Wie langweilig das alles war. Natal kannte er zur Genüge. Wohl bewunderte er noch immer die Schönheit der Stadt, doch den Sertão mochte er lieber. Und so gab er eines Tages das Herumreisen wieder auf. Zwar fuhr er hin und wieder nach Natal mit, doch nur zu seinem Vergnügen. Es gab dort nämlich Annehmlichkeiten, die der Sertão ihm nicht bot. Da waren die Straßen voll mit Frauen, die den Männern nachriefen: »Na, wie wär's, Kleiner?« Sie trugen ganz kurze Kleider, die reizvolle Einblicke gewährten. Nein, so was fand man im Sertão nicht. Man stelle sich nur vor, Onkel Venâncios Töchter, die immer soviel arbeiten mußten, um nicht auf dumme Gedanken zu kommen, kriegten das zu sehen! Heilige Jungfrau!

Während Pedro Azevedo darauf wartete, daß Chicão mit seinem Pferd vom Bad im Stausee zurückkehrte, dachte er daran, wie er seine Hoffnung, aus Chicão einen zuverlässigen Lastwagenfahrer zu machen, hatte begraben müssen, und er seufzte.

Im selben Augenblick tauchte Chicão aus der Dunkelheit auf. »Sie sind noch hier, Onkel?«

»Ja, Chicão. Ich muß über vieles nachdenken.«

»Heut spielen sie den ›Ochsentanz‹. Kommen Sie nicht mit?«

»Bin zu müde, Chicão.«

»Ich will gehen.«

»Und das verirrte Kalb?«

»Morgen früh werde ich danach sehn. Gute Nacht, Onkel.«

Pedro Azevedo blieb an den Pfosten gelehnt stehen. Wieviel Kraft der Junge hatte! Den ganzen Tag hatte er geschuftet, und jetzt rannte er noch zu dem Spektakel. Ach ja, die Jugend! Dabei würde er morgen bestimmt ganz zeitig wieder im Sattel sitzen und auf der Suche nach dem verschwundenen Tier durch die Juremawälder und über die schmalen Pfade des Gebirges traben. Und er würde es finden, denn er kannte den Sertão wie seine Hosentasche. Es gab nur einen einzigen, der ihm darin gleichkam, und das war er selbst, Pedro Azevedo ...

Der Platz, auf dem der ›Ochsentanz‹ gespielt werden sollte, lag mitten in einem Armenviertel Barcelonas, in einer Sackgasse, die nur auf einer Seite verbaut war und am Fuß eines Hügels endete. Auf der unverbauten Seite erhob sich ein Zaun aus Stacheldraht, und dahinter lagen ein Feld und die dunkle Landschaft des Sertão.

Schon hatte sich eine große Menschenmenge versammelt. Die Schar der Kinder lärmte wie wild. Hin und wieder hörte man das Klatschen einer Ohrfeige oder ein heftiges Schimpfwort, das aber niemanden störte. Für die Ehrengäste waren Sitzbänke bereitgestellt. Ungezählte Male schon hatte Doktor Quirino Maia dem Tanz des Ochsen beigewohnt. Auch Pedro Azevedos Familie war hin und wieder erschienen, ebenso wie viele begüterte Familien aus Barcelona. Und das war gut, denn die Sänger und Tänzer rührten keine Zehe und sangen keinen Ton, wenn sie nicht sechzig Milreis dafür bekamen. Wer auf den Bänken saß, mußte mindestens drei Milreis blechen. Davon lebten die Tänzer, diese Vagabunden, die ihr Können nur während der letzten Monate jeden Jahres zur Schau stellten und den Rest der Zeit in Müßiggang verbrachten. Wenn dann aber der richtige Augenblick für den »Ochsen« gekommen war, trafen sie wieder zusammen, um von Stadt zu Stadt, von Ort zu Ort, von Markt zu Markt, von Platz zu Platz zu ziehen und ihre derbe und doch so unterhaltsame Kunst zu zeigen. Tänze und Gesänge vererbten sich von den Vätern auf die Söhne, wurden immer mehr entstellt und verfälscht. Nur am Landstreicherleben änderte sich im Laufe der Generationen nichts.

Heute wollten sie auf dem freien Platz vor Zeferinos Laden tanzen. Die Zuschauer hatten sich in Form eines Vierecks aufgestellt und riefen bereits ungeduldig: »Wo ist der Birico? Wo bleibt der Birico?«

Mit einem Satz sprang der Birico mitten auf den Platz, so daß viele Leute, die ihn jetzt noch nicht erwartet hatten, erschrocken zusammenfuhren. Er umklammerte einen gewissen Körperteil und schrie laut: »Hier ist er, der Birico!«

Die Leute schrien vor Lachen, denn der Birico war immer die lustigste Figur im ›Ochsentanz‹. Da stand er nun, als Rinderhirt verkleidet, aber das Kostüm bestand aus schmutzigen, zerfetzten Lumpen und einer seltsamen, dreckigen Stoffmaske vorm Gesicht. Ein Ziegenbart wuchs ihm aus der Nase heraus und reichte fast bis zur Brust. Auf dem Kopf trug er einen Lederhut, wie ihn die Viehtreiber benutzen. Er tanzte pausenlos, drehte sich wie ein Kreisel, schlug mit bewundernswerter Geschicklichkeit Purzelbäume, warf sich auf den Boden, schleuderte Sand in die Luft, hob die Maske hoch, um auszuspucken, schmiß sich wieder hin, brabbelte Zoten und wühlte mit dem Gesicht im Dreck, grade da, wo er kurz vorher hingespuckt hatte ... Wieder sprang er auf die Beine und lief zu den Zuschauern hin, neckte die Kinder, machte den Kleinsten angst, berührte husch, husch die Brüste der braunen Mädchen aus dem Sertão, daß niemand es sah, die Mädchen es aber spürten. Den Männern warf er Unflätigkeiten an den Kopf, und dann tanzte er wieder. Man kam aus dem Lachen nicht heraus. Chicão fand es wunderbar und ließ sich keinen Sprung, keine Geste, kein Wort des Birico entgehen.

Jetzt gesellte sich Gevatter Matêo dazu, auch ein Viehtreiber, beinah ebenso gekleidet wie der Birico. Er war ein viel einfältigerer Typ und vielleicht etwas weniger schmutzig, wenn er sich auch im Verlauf des Tanzes genauso unanständig aufführte. Sie tanzten miteinander. Zankten sich. Einer peitschte den anderen. Sie machten obszöne Gesten. Und je mehr der Tanz sie erhitzte, desto wüster wurden ihre Scherze. Schließlich fiel Matêo hin und stellte sich tot. Birico trat zu ihm und sagte weinend: »Matêo! Ach, Matêo! ... Du darfst nicht sterben, Gevatter!« Dann beugte er sich über ihn und steckte ihm den Finger in den Arsch. Darauf hatten die Zuschauer schon gewartet, und sie fielen fast von den Bänken vor Lachen.

Diese Szene mußten sie denn auch mehrmals wiederholen. Zum Schluß wurden Fackeln aufgestellt und hinter ihnen eine Art Vorhang gespannt. Auf der so improvisierten Bühne traten die restlichen Mitspieler des ›Ochsentanzes‹ auf. Hocker für die Musikanten wurden gebracht. Das Orchester bestand aus einer Klampfe und einer Fiedel, zwei Instrumenten, deren endlos wiederholte monotone Weisen die halbe Nacht mit ihrem Gejammer erfüllten.

Das Tuch wurde nun weggezogen, und es traten, von lebhaftem Beifall begrüßt, der Reihe nach die sechs Kavaliere auf. Den Bewohnern des Sertão dünkten sie herrlich schön, diese seltsamen Gestalten. Sie trugen keine Kostüme, aber ihre Hemden waren über und über mit bunten Bändern besetzt. Auf dem Kopf hatten sie randlose, vierkantige Riesenhüte, die wie Helme aussahen und mit Glasstückchen besetzt waren, so daß sich das Licht der Fackeln, die den Tanzplatz beleuchteten, in ihnen spiegelte. Das verlieh ihrem Aussehen etwas Fremdartiges, einen ungewohnten Glanz. Auch von diesen Hüten hingen bunte Bänder. Manche Leute meinten, die Hüte sollten Kronen vorstellen. Wie dem auch sei, die Träger der Hüte zeigten sich jedenfalls in ihrem Tanz nicht als Herrscher, sondern jeder Verantwortung bar und ohne die geringste Bedeutung für ihre Umwelt. Um die Mitte hatten sie statt Gürteln Seidenschärpen in vielen Farben geschlungen.

Bei ihrem Auftritt wurden sie von Birico und Matêo respektvoll empfangen und begrüßt. Die Musik hob an, sie nahmen den Rhythmus auf und begannen zu tanzen und zu singen. Ihre Schritte paßten sich vollkommen der Melodie an. Aber die Augen der Zuschauer hingen nur an einem einzigen von ihnen: Er beherrschte den ganzen Tanz. Rein äußerlich unterschied er sich nicht von den anderen, doch jede seiner Tanzbewegungen war so vollendet, daß er alle Blicke fesselte. Das konnte nur Rivaldo sein, der größte Tänzer des Sertão. Sein Ruhm war in aller Munde, auf den Märkten, in den kleinen Ortschaften und auch in den Armenvierteln der Städte. Er hatte das Knaben- und Jünglingsalter hinter sich gelassen, dennoch bezauberte gerade die Leichtigkeit, Anmut und Sicherheit seines Tanzes. Eins – zwei, und sein Körper wirbelte herum, wie eine Feder so leicht. Seine Hände waren so weich und biegsam wie der sich windende Leib einer Schlange. Keiner verstand es so wie er, die Hände über die Hüften gleiten zu lassen. Wohl hörte man dann hie und da eine anzügliche Bemerkung. »Kein Zweifel, der Bursche dort ist ...«, doch alle Zuschauer waren von ihm hingerissen. Er tanzte mit der größten Präzision und beherrschte alle Tänze, die zum ›Ochsentanz‹ gehören, bis in winzigste Kleinigkeiten.

Die Kavaliere sangen Vierzeiler, in denen die folgenden Reime immer wiederkehrten:

»Säte den Zitronenkern,
wart umsonst, daß er mir sprießt,
glaub, dieweil die Zeit vergeht,
daß er schon gestorben ist.

Pflanzte mir ein Zuckerrohr
dicht bei der Zitrone her,
und wie's hoch und höher steigt,
stirbt das Herz mir immer mehr ...«

Es waren Verse aus dem Sertão, deren Sinn im Laufe der Zeit abhanden gekommen war und die kaum einer mehr verstand. Sie waren von Mund zu Mund weitergegeben worden und würden so lange gesungen werden, bis sie irgendwann einmal in Vergessenheit gerieten. Als die Kavaliere ihr Lied beendet hatten, trat der Riese auf und trieb sofort eine Menge Unfug. Er versetzte Birico und Matêo in Schrecken, erntete Beifall und trat wieder ab.

Eine andere Melodie, die übrigens der vorigen an Ausdruckslosigkeit und Monotonie nicht nachstand, erklang. Die kleine Fiedel stöhnte, als habe sie Bauchweh. Und jetzt gab es einen neuen Höhepunkt. Es erschienen die Damen, die allerdings in Wirklichkeit nichts weiter waren als kleine Jungen mit kurzen Röcken über den mageren Beinen und mit denselben schimmernden Helmen auf den Köpfen. Sie tanzten mit den Kavalieren, was sehr hübsch anzusehen war. Dazu sangen sie mit ihren schrillen Stimmchen wiederum nichtssagende Reime.

Zum Schluß endlich trat der Ochse auf. Birico und Matêo hatten die Aufgabe, ihn zu zähmen. Und das taten sie mit vielen Purzelbäumen im Sand und deftigen Schimpfwörtern, vom Gelächter des Publikums angefeuert. Manchmal stürmte der Ochse, diese merkwürdige Erscheinung, halb Mensch, halb Rindvieh, auf die Zuschauer los, die aufsprangen und davonrannten.

Der Tanz, sich ständig wiederholend, schien kein Ende nehmen zu wollen. Nur etwas war neu daran. Jedesmal, wenn die Damen mit den Kavalieren tanzten, warfen sie am Ende Bänder unter das Volk. Wen ein solches Band traf, der mußte als eine Art erzwungenes Trinkgeld in jedes Ende Münzen knüpfen.

Es war schon spät geworden, doch die Leute lachten immer noch über alle Späße.

Chicão sah dem Ochsen zu. Dann schaute er plötzlich in den Nachthimmel und merkte, wie lang der Tanz schon dauerte. Sein Versprechen fiel ihm ein, früh am Morgen das Kalb zu suchen. Ein wirkliches Kalb aus Fleisch und Blut. Mühsam riß er sich los und machte sich auf den Heimweg. Vom Ende der Straße aus schaute er noch einmal zurück, sah die Staubwolken, die im Schein der Fackeln zum Himmel wirbelten, und hörte von fern die Musik der kleinen Fiedel.

Ein schönes Fest, dachte er. Wunderschön. Schade, daß es das nur zu Weihnachten gab. Am liebsten hätte er jeden Abend den Tänzern zugeschaut.

Er schlug den Weg zur Fazenda ein. Ein kalter Wind blies, und ihm war etwas wehmütig ums Herz. Jetzt drangen die Töne der Musik nur noch ganz schwach herüber, aber immer noch lauschte er ihnen und pfiff die Melodie. Und wenn er die Augen schloß, konnte er die Tänzer wieder ganz genau sehen, wie sie mit ihren hohen Hüten hüpften und sich drehten, während die bunten Bänder lustig flatterten …

8
Durst

Am liebsten hatte Chicão den Sertão, wenn der Winter kam. Dann schwoll der Rio Potengi und trat über die Ufer. Schon als Junge ging er mit Vorliebe zum Schwimmen, wenn der Fluß tief und reißend war. Der Regen setzte im Januar ein und dauerte den ganzen Februar und März. Wasserfluten stürzten vom Himmel, wuschen die Welt sauber, zauberten aus den im Sonnenbrand der Trockenmonate verdorrten Büschen und Bäumen frisches Grün und stiegen in dem Stausee hoch, an dessen Ufern Wasservögel ihr ausgelassenes Geschrei vollführten. Die Wälder, die sich weit in die Berge hinaufzogen, wurden zu einer riesigen grünen Fahne: Grün wie das Laub der Juàzeirobäume war bald das ganze Land. Kaum hörte es auf zu regnen, wurde der Sertão lebendig. Die Baumwolle begann aufzuspringen, und die Zeit des Pflückens, der Ernte war da. Alle Leute, die auf der Fazenda arbeiteten, erschienen mit ihren Familien, um zu helfen. Männer, Frauen und Kinder, sogar die Alten machten mit. Wie ein blendendweißes Fell sah die Pflanzung aus, ein Fell, dem die große Schur bevorstand. Die Menschen waren glücklich. Der alte Faustino sagte, das Feld habe weißes Haar, und alle Welt segnete das greise Haupt, die Baumwollpflanzung.

Während der Erntezeit mußten Venâncios Töchter noch mehr schaffen als sonst. »Mädchen! Heut gibt's Arbeit für euch!« erklärte er mit furchterregend dröhnender Stimme. Obwohl die Mädchen kräftig waren, mit runden Armen, festen Brüsten, breiten Hüften und gesunden weißen Zähnen, verlangte Venâncio zuviel von ihnen. Sie mußten die Erde hakken, Baumwolle pflücken, Wäsche waschen, der Mutter in der Küche helfen, Einkäufe machen und ihre Kleider nähen. Der Alte war erst zufrieden, wenn sie alles erledigt hatten. Er konnte es nicht ertragen, eine der Töchter müßig und mit ihren Gedanken beschäftigt zu sehen.

Einmal sagte Pedro Azevedo zu ihm: »Ich finde, deine Mädchen arbeiten zu viel, Venâncio. Laß ihnen doch auch einmal etwas Freizeit.«

»Nein, nein, Senhor Pedro, ist viel besser so. Wenn sie tüchtig was tun, dann schlafen sie nachts gut. Kommen nicht auf dumme Gedanken ...«

Armer alter Venâncio! Er hatte Angst, seine Töchter, die so gern lachen, könnten Dummheiten anstellen, vor allem in der Johannisnacht, in der die frommen Leute ins Araragebirge hinaufstiegen und Kerzen auf das Kreuz stellten, das der närrische Sohn des alten Fabião hier einmal aufgerichtet hatte.

War die Erntezeit vorüber, kletterte Pedro Azevedo in seinen Lastwagen, den wie immer Apolônio steuerte, und fuhr von einem Markt zum anderen, um noch mehr Baumwolle aufzukaufen, die nach seiner Rückkehr entkernt, zu Ballen gepreßt und im Laufe des Jahres in Natal verkauft wurde. Pedro Azevedo kannte alle Märkte des Sertão, und sein Wagen ratterte tage- und wochenlang über die Straßen, egal ob sie vom Regen aufgeweicht waren oder staubig in der Trockenheit, hart und uneben in steinigen Gegenden oder nachgiebig, wo Sand den Untergrund bildete. Chicão war glücklich, wenn es Wasser im Überfluß gab. Er haßte die Trockenzeit, die allerdings in dieser Gegend nur selten bedrohliche Formen annahm, denn wenn die Erde barst, glaubte er selbst zu bersten. Die Augen brannten, ein schrecklicher Druck lag auf der Brust, so daß er meinte, er müsse ersticken. Immer wieder kam es vor, daß der große Stausee vollständig austrocknete, doch Pedro Azevedo hatte für diesen Fall Vorsorge getroffen. Er besaß ein Wasserreservoir auf der anderen Seite des Gebirges, und dort lagen Weiden, die nicht so rasch der Sonne zum Opfer fielen. Auch pflanzte er Futterkaktus an und fütterte das Vieh mit Baumwollkernen. Die Tiere magerten zwar ab, doch sie überlebten, und so erlitt er nie schwere Verluste wie andere Gutsbesitzer.

Noch war Chicão unbesorgt und vergnügt. Bis Ende Oktober konnte er frei atmen und sein Lieblingslied singen:

»Vollmond ist heut,
und der wird bald vergehn,
denn Unsre Liebe Fraue von den Höh'n,
die gab Sankt Peter ihren Sohn ...
Da ward uns Christ geboren schon.

Weil das Gottes Werk bedeutet,
Küster hat die Glock geläutet,
und die Sonn besteigt den Thron ...«

Plötzlich war der Oktober da, und nun mußte es sich entscheiden, ob der Regen kommen würde. Die Zeit des Bangens begann. Alles konnte gutgehen, wie in den vergangenen Jahren, aber genausogut konnte auch eine lange Trockenperiode im Anzug sein, die ein Jahr dauerte, zwei Jahre oder drei, und dann würde kein Fleck des Sertão in Rio Grande do Norte von der Plage verschont bleiben.

In solchen Jahren nahm das Elend furchtbare Formen an, denn der Sertão starb eines langsamen, schrecklichen Todes, und die Menschen, die auf seinem Boden geboren waren, flohen. Ausgemergelte Männer, zu Skeletten abgemagert, Frauen und Kinder mit dicken Bäuchen und gelber Haut fielen wie Heuschrecken in die Städte ein und flehten mit aufgehobenen Händen nicht um Almosen, sondern um ihr Leben, während die glücklicheren Bewohner der Städte ihren Ekel nicht verbargen. Der Anblick so grauenvoller Not bewegte nicht ihr Herz, sondern beleidigte ihre Augen, und der Gestank, der von den zerfetzten Kleidern der Armen aufstieg, flößte ihnen nur Ekel ein. Sie lasen die Evangelien, aber sie wollten nicht sehen, daß diese ausgehungerten Gespenster ihre Brüder und Schwestern waren. Nein, Menschen konnte man sie wirklich nicht nennen. Sie waren ein Teil der Scholle, von der sie kamen, ein Teil des vertrockneten Sertão. Verbrannte Erde. Ausgedörrter Lehm. Staub.

Chicão begann zu leiden. Er war nicht wie der Felskaktus, dem die glühende Hitze nichts anhaben kann und der sogar auf dem nackten Stein gedeiht. Er war nicht wie die Juàzeiros und Quixabeiras, die immer wieder grünten. Eines Tages, wenn er es nicht mehr aushielt, würde er fortgehen wie jene Arbeiter, die nirgendwo ein Zuhause hatten, die zur Baumwollernte in den Sertão kamen und dann in die Salinen gingen. Die lagen am Meer, und das lockte Chicão. Das Meer ist immer grün. Da fehlt es niemals an Wasser. Es gibt genügend Fische, und wenn die Menschen auch nicht reich werden, so leiden sie doch keinen Hunger. Wann hätte man je gehört, im Meer gebe es keine Fische mehr? Dort, dachte Chicão, leiden die Menschen keinen Hunger und keinen Durst.

Und Chicão dachte auch an die Schiffe, die er gesehen, an die Männer vom Meer, die er getroffen hatte, wenn er in Natal während des Verladens der Baumwolle eine Ruhepause eingelegt hatte. War das ein Leben! Die Seeleute, die aufs Meer hinausfuhren, brauchten den Durst nicht zu fürchten.

Im Oktober geschah es auch Jahr für Jahr, daß Nhá Rosas Leib sich unförmig zu wölben begann und ein neues Leben zum Licht drängte. Chicão verstand nicht, wie man ein Kind gebären konnte, ohne zu wissen, was die nächste Zukunft brachte. Nhá Rosa war jetzt schon zum neuntenmal schwanger. Noch ein Kind. Warum war diese Frau gerade jetzt fruchtbar, wenn der Sertão vertrocknete? Und was würde das Schicksal des Kindes sein? Dreck fressen, Tauben jagen, an Pedro Azevedos Baumwollpresse stehen oder sonstwo auf der Fazenda schuften.

Nhá Rosas Leib hatte einen solchen Umfang, daß sie sich nicht mehr bücken konnte, um ihre anderen Kinder zu versorgen.

An einem der nächsten Tage würde man Vater Neco von der Viehweide heimrufen: »He, Vater Neco! Nhá Rosa kriegt ihr Kind!«

Und der Vater Neco kam dann in aller Ruhe, denn seine alten Beine trugen ihn nicht schneller, und im übrigen handelte es sich ja um ein beinahe schon alltägliches Ereignis, obwohl er neugierig war, ob er einen Jungen oder ein Mädchen bekommen hatte. Wenn er die Hütte erreichte, wusch sich Dona Catarina, die Hebamme, eben die Hände. Es waren schmutzige, schwielige Hände, die die Geheimnisse fast aller armen Frauen in dieser Gegend berührt hatten, Hände, denen viele Kinder, die gelernt hatten, Dreck zu essen und Baumwolle zu pflükken, ihr schmutziges Leben verdankten. Gleich würde sie die Hände an ihrem karierten Rock abtrocknen, Vater Neco durch ein freundliches Lächeln bestätigen, daß natürlich wieder alles glatt verlaufen sei, und fortgehen. Nach dem Zahltag am Monatsende würde Vater Neco dann der alten Catarina einen Zwanzigmilreisschein bringen. Wie immer würde Pedro Azevedo erscheinen, sobald er von der Geburt erfahren hatte, um

Nhá Rosa zu besuchen, ihr guten Abend zu wünschen und sich das Kind zeigen zu lassen. Er würde sagen, es sei sehr hübsch, und dabei würde er seinen Viehtreiber ansehen. Der würde die Augen senken, aber nicht, weil er sich schämte, denn Pedro Azevedo verstand ja alles, den Sertão, das Vieh und auch ihn, den alten Neco.

Ja, so würde alles kommen, dachte Chicão, und Verzweiflung packte ihn. Sollte das der Sinn des Lebens sein?

Pedro Azevedo lehnte am Torpfosten, betrachtete den Horizont und schüttelte bedeutsam den Kopf. Er drehte sich um, schritt auf die Terrasse zu und blieb beim Windrad stehen, dessen Mühlenschaufeln er lange betrachtete. Der laue Wind bewegte sie nur schwach. Er wandte den Blick nach Westen. Jedes Jahr prägte er sich genau ein, wie das Wetter am neunzehnten Oktober, seinem Geburtstag, aussah. Er prüfte den Himmel. Die Sonne war schon verschwunden, übergoß aber die Wolken noch mit einem stellenweise traurig ins Violette spielenden blutigen Rot. Das verhieß nichts Gutes. Tränen traten ihm in die Augen, während er die ersten Warnzeichen des nahenden Unheils beobachtete. Er hatte einen untrüglichen Blick dafür, er irrte sich nie. Der flammende Sonnenuntergang würde vom Himmel als ein Feuer auf die Erde herunterstürzen, in dem alles verbrennen und verdursten würde. Pedro Azevedo weinte weniger um seiner selbst willen, da sein Land verhältnismäßig günstig lag, sondern wegen der Unglücklichen, die alles verlieren würden; die Bündel packen und ziellos davonziehen mußten, irgendwohin, wo es Wasser gab. Dicke Staubschichten würden ihre Haut überkrusten. Ihre Körper würden sich verzehren. Sie würden wandern. Wandern. Wandern bis in den Tod. Auch hier würden viele von ihnen vorüberkommen und vergeblich Zuflucht suchen. Er würde sie nassen Auges weiterschicken müssen, nachdem er ihnen ein wenig Trockenfleisch und zwei Maß Mehl gegeben hatte, denn auch sein Land würde trostlos aussehen, wenn die Erde barst und der Stausee nur noch aus ein paar Schlammflächen bestand. Mit kummervollen Blicken würden auch die anderen Gutsbesitzer den Zug dieser Menschen betrachten, die zu ihnen gehört hatten, die wie ein Teil ihres Landes gewesen waren und jetzt verschwanden, davongingen auf die Feuersonne des Westens zu, schwarze Silhouetten des Elends, die weiter und immer weiter wandern würden, den Schrecken der Straßen ausgesetzt: dem Schlaf unter entlaubten Bäumen, dem Durst, der jeden Lebenshauch erstickt, dem Hunger und der bösen Gier, die auch vor Mord nicht zurückscheut.

Pedro Azevedo erinnerte sich an einen Mann, dem unterwegs Frau und Kinder gestorben waren und dessen Jammergestalt sich bis zu seiner Türschwelle geschleppt hatte. Seine Augen waren wie schmale, dunkle Spalte gewesen, und aus der ausgetrockneten Kehle war ein heiseres Krächzen gekommen. Er hatte in einer letzten Anstrengung vor dem nahen Tod die krallenartigen Hände bittend ausgestreckt und leise um Wasser gefleht. Dann trank er ganz langsam, und seine Augen fingen an zu leuchten, wurden glänzend, und er blickte Pedro Azevedo an, als wollte er ihn segnen. Und stockend lallte er: »Ich bin gekommen ... Senhor Pedro ... wollte ... stehlen ... keine Kraft mehr ... wollte ... Sie noch totschlagen ... Verzeihen Sie.«

Der Mann, der ihn aus Verzweiflung hatte ermorden wollen, war in seinen Armen gestorben, als eines der vielen Opfer der großen Plage, eines, das wohl nie vorher den bösen Wunsch verspürt hatte, zu rauben und zu töten. Sicherlich war er vorher ein anständiger Mensch gewesen, hatte mit seiner Hacke die Erde bearbeitet und niemals ans Morden gedacht, solange der Sertão grün war und feucht. Dann aber kam die Dürre, verjagte ihn von seinem Stück Land, und gefräßig, wie sie war, vertilgte sie alles, was er mit seiner Hände Arbeit geschaffen hatte. Die Kinder starben auf der Straße, und der grüne Schatten einer Quixabeira wurde die letzte Ruhestätte seiner Frau. Ein Grab nach dem anderen mußte er schaufeln. Er brauchte sich nicht anzustrengen, denn es genügte, einen Spalt in der geborstenen Erde zu erweitern. Dann bedeckte er den Leichnam mit ein bißchen Staub und setzte ein Kreuz aus Dornenzweigen auf das Grab.

Menschen mit größerer Widerstandskraft oder auch mit mehr Glück erreichen die Städte. Pedro Azevedo hatte auf dem Markt in Natal Menschen gesehen, die aus dem Sertão kamen. Menschen! Konnte man sie überhaupt noch so nennen, diese Wesen, die gierig Wasser in sich hineingossen und dann loszogen, um zu betteln? Die Städter verglichen sie mit Krebsen, die aus dem Schlamm der Sümpfe hervorgekrochen kamen, mit dem Gestank behaftet, den das schwarze Flußbett des Rio Potengi ausschied. Sie hatten Augen, aus denen Neid und Gier blitzten, Augen, in denen Rachsucht funkelte und der Wunsch zu töten, zu rauben. Sie waren wilde Tiere, die von Sitte und Gesetz nichts wußten, die stahlen, weil die Dürre ihnen alles genommen hatte, während sie die Städte verschonte; sie mordeten, weil die Dürre ihre Hoffnungen zugrunde gerichtet und unter dem Staub des verdursteten Sertão begraben hatte.

Pedro Azevedo erinnerte sich des Tages, an dem diese Unglücklichen das Haus der Witwe Barreto mitten in der Stadt überfallen hatten. Die Familie flüchtete sich ins obere Stockwerk und beobachtete von dort aus, wie sie, dem abscheulichen Gewimmel von Wanderameisen gleich, über alles herfielen. Sie vernichteten die Mangobäume, die Sapotis und Cajus, alles, was ihr Magen aufnehmen konnte. Sie aßen und leckten sich die farblosen Lippen, legten sich auf den Rasen des Gartens und schlürften das warme, schlammige Wasser des Springbrunnens, das möglicherweise mit Typhus verseucht war und dennoch wie ein Himmelstrank mundete.

Pedro Azevedo sah die Windmühle an, deren Flügel sich im lauen Oktoberwind drehten. Unheil kündigte sich an, und es würde eintreffen. Es würde ein Jahr dauern oder auch viele Jahre. Heute war der neunzehnte Oktober, sein Geburtstag. Er weinte bitterlich. Weinte, weil er das Leben nicht verstand und weil weder seine Augen eingetrocknet waren noch sein Herz.

Als Chicão in den Hof trat, erblickte er Pedro Azevedo, der sich mit den Händen über die Augen fuhr und in den Sonnenuntergang starrte. Da begriff er alles. Wie wild rannte er zum Stausee, um nach dem Wasserstand zu sehen. Er schaute in die trübe Flut und schätzte, daß der Vorrat für drei weitere Monate reichen würde.

Die Wildenten, die am Spätnachmittag hier einfielen, tauchten rasch unter, aber die Tetéus erhoben ein großes Geschrei und flatterten auf, als sie den Menschen witterten.

Chicão schlug die Hände vors Gesicht. Dann lief er über den Damm, der den Stausee umgab, stieg die Böschung hinunter und folgte dem Weg, der in die Berge führte und rasch anstieg. Hin und wieder blieb er stehen, um Atem zu schöpfen. Die Baumwollpflanzungen reichten weit in die Berge hinauf, und vereinzelt konnte er weiße Flocken sehen, die den Händen der Pflücker entgangen waren.

Als er den Gipfel erreicht hatte, wandte er sich zum Steinbruch und kletterte auf den Mocóstein, den er seit seiner Kindheit als sein Eigentum betrachtete. Der Stausee tief unter ihm glänzte wie Stahl in der Dämmerung, die das Blau der fernen Bezüge rasch immer dunkler werden ließ, bis sie drohend in den Abendhimmel ragten. Noch immer schrien die Tetéus am Ufer des Sees. Da lagen die abgeernteten Felder. Die grünen Laubkronen der Juàzeiro- und Quixabeirabäume erschienen jetzt schwarz. Dort drüben stand die Hütte, Rauch stieg von der Stelle auf, wo die Maschinen standen, mit denen man die Baumwolle bearbeitete. Auch Pedro Azevedos Haus war zu erkennen. Die alte Catarina schleppte sich auf wackligen Beinen die Straße entlang, und Venâncios Töchter kamen von der Feldarbeit zurück. Mit geschulterten Hacken marschierten sie in einer Reihe. Ein paar Frauen, die sich verspätet hatten, wuschen noch Wäsche an der Wasserstelle. Sie sputeten sich, denn wenn die Dunkelheit kam, begannen die armen Seelen auf der Erde umherzugeistern. Der alte Neco kehrte zu Pferd von der Weide heim. Er trieb die Herde vor sich her, und seine Rufe, die weithin zu hören waren, hallten als tausendstimmiges Echo von den Bergen wider.

»He! Brabuleta! ... Malhada! ... Oho, Sucuri ... Heda, Boi-i-i!«

Das war Chicos Sertão, dessen Qualen nun beginnen sollten. Chicão ließ die Arme sinken und setzte sich niedergeschlagen auf den noch sonnenwarmen Felsen.

Vier Monate verstrichen. Der Januar ging zu Ende, und es kam kein Regen. Schon trafen die ersten schlimmen Nachrichten ein.

»Im Seridótal gibt's keinen Tropfen Wasser mehr!«

»Der Apodi? Ist eine einzige Wüstenei!«

Man raunte es sich zu. Man fürchtete, das Unglück an die Wand zu malen.

»Wenn's in den nächsten zwei Monaten nicht regnet, kriegen wir die grausigste Dürre von der Welt ...«

Und die zwei Monate gingen ins Land, aber das Wasser blieb aus. Es schlief in den Wolken und hatte die Menschen vergessen, während die Feuersonne alles verzehrte, was da wuchs. Immer größer wurde die Zahl der Fliehenden, immer unruhiger wurden die Menschen, als es nicht regnen wollte. Was sollten sie tun? Bleiben? Weggehen? Dorthin wandern, wo es angeblich noch Wasser gab oder doch einen Rest Wasser? Aber vielleicht kam ja der Regen noch, wenn sie ein paar Tage länger warteten. Sie hatten so viel gebetet und Messen lesen lassen. Vielleicht schickte der Himmel Hilfe. Aber die Tage vergingen, und es bestand nicht die geringste Aussicht auf Regen. April kam, und der Staub nahm zu. Am Horizont ballte sich eine Wolke aus rötlichem Staub zusammen, die immer drohender wurde. Da entschlossen sich viele, auf die Wanderschaft zu gehen. Noch einmal blickten sie über die verdorrten Felder, über das ausgetrocknete, wüste Land, schauten auf die kahlen Wände der Hütte, die ihnen bis zu diesem Tag all das umschlossen hatten, was sie sich unter einem Heim vorstellten, betrachteten das abgemagerte Vieh des Gutsherrn, das im Staub der Hürden brüllte, und den Rest Wasser im Stausee, der immer mehr dahinschwand. Dann machten sie sich auf den Weg.

In alle Richtungen, nach allen Seiten, überallhin zogen die Elendsscharen der Flüchtlinge, die alle glaubten, daß sie sich auf dem Pfad der Hoffnung befanden. Sie waren reichlich spät fortgegangen. Viel zu spät. In letzter Stunde. Sie hatten zu lange gezögert, und jetzt mußten sie eilen, sonst ... Aus allen Ecken und Enden des Sertão kamen sie, auf allen Straßen schritten sie mit harten, schwieligen Sohlen dahin, irgendeinem erträumten Ziel entgegen, das sie sicher zu erreichen hofften. Doch sicher war nur eines: Das Lied des Regens würden sie nicht hören ...

Es begann damit, daß die Berge einen bräunlichen Farbton annahmen, und wenn Chicão über die Felder hinblickte, sah er deutlich, wie alles verdorrte. Als das jüngste Kind in Vater Necos Hütte vier Monate alt war, hatte sich die ganze Landschaft rötlich verfärbt. Der Himmel war tagsüber ein Höllenfeuer und nachts wie flüssiges Blei. Auch auf Pedro Azevedos Land, das der Hitze länger standhielt als die übrigen Gebiete des Sertão, zeigten sich die ersten Spuren des Wassermangels. Die Baumwollsträucher färbten sich rot, und die Felder glichen Feuerstellen. Die Erde bekam Risse, die mitten durch die Herzen der Menschen gingen. In wenigen Tagen würde man die Rinderherde langsam über die Berge zu der anderen Wasserstelle treiben müssen.

Die Schafe streckten sich im Schatten des Hauses aus und blökten trübselig vor sich hin. Die Hühner gackerten im Hof. Wie gewöhnlich wollten sie Schutz unter dem Zitronenbaum suchen. Aber der Schatten der nackten Äste glich einer Krake, die tot im Staub lag. Mit großen, vorwurfsvollen Blicken starrten die Rinder über den Hürdenzaun ins Weite, und in ihren Augen spiegelte sich das sterbende Land.

Der Wind war völlig eingeschlafen. Das Windrad stand still. Wie Rauch stieg der Staub vom Boden auf, und wenn sich einmal ein Lufthauch regte, wirbelte er rote Staubwolken auf. Chicão konnte nichts anderes mehr denken als: Der Stausee trocknet aus! Der Sertão verdorrt! Das Meer aber ist immer noch grün, und seine Wellen schlagen an den mit Seetang bedeckten Strand. In seinem Wasser tummeln sich Millionen Fische, während hier das Trockenfleisch zu Ende geht und das lebendige Fleisch vor unseren Augen ungenießbar wird.

Er wischte sich mit der Hand über den verschwitzten Hals, preßte die Finger an den Kopf und trat durch die knarrende Pforte auf den Damm des Stausees hinaus, auf dessen Grund nur mehr ein paar Schlammlöcher zu sehen waren. Die Tetéus standen wie Wachtposten, wie Klageweiber am Totenbett des Sees. Als sie Chicão bemerkten, flogen sie auf. Aber ihr Geschrei klang viel schwächer als sonst. Es würde nicht mehr lange dauern, bis sie weit fortzogen, irgendwohin, wo sie Wasser fanden. Wie die Menschen blieben auch sie bis zum letzten Augenblick. Manchmal starben sie vor Durst, noch ehe sie einen anderen Stausee oder einen rettenden Tümpel erreicht hatten. Die Tauben, die sich im Winter hier am Ufer zu versammeln pflegten, hatten sich schon längst andere Rastplätze gesucht, seit die Bäume an den Berghängen abgestorben waren. Neben den Wasserlachen lagen verschrumpelte Häute, die sterblichen Überreste von Kröten. Nur die Kakteen schienen unempfindlich zu sein.

Chicão stieg in das Becken hinunter und kniete auf der rissigen Erde nieder. Wie viele Male hatte er an dieser Stelle gebadet! Er nahm ein Stück der schwarzen, bröckeligen Erde zwischen die Finger und zerrieb es wütend. Warum mußte das alles geschehen? Warum? Er würde weggehen. Fortwandern wie die Tausende, die unterwegs waren, Bettler, Leidensgenossen. Er wollte nicht hierbleiben und, hilflos ans Kreuz seiner Leiden genagelt, zusehen müssen, wie alles, was er liebte, der Pest zum Opfer fiel.

Er stieg wieder auf den Damm hinauf. Wie zum Hohn sah das Becken mit den entlaubten Zweigen der Fedegosobüsche plötzlich aus wie eine riesige Tonschale, aus der das Skelett eines riesigen Fisches aus dem Maniokbrei der Erde emporragte. Chicão begann zu lachen. Das Lachen schüttelte ihn wie Fieber und preßte ihm Tränen aus den Augen. Erschrocken fuhr ein Tetéu auf und flog mit wehklagendem Geschrei in den Abend hinein.

9
Der Weg

Als der neunzehnte Oktober kam, dachte Pedro Azevedo nicht einmal daran, daß er Geburtstag hatte. Gegen Abend ging er zum Windrad hinüber, um auf den Sonnenuntergang zu warten. Er schaute über sein Land hin. Ein Jahr ohne Regen! Traurig schüttelte er den Kopf. Nein, da war kein Regen in Sicht. Vorläufig nicht. Der Regen hatte die Erde vergessen. Und dabei müßte es nur zwei Tage regnen! Zwei Tage Regen, und der ganze Sertão könnte aufatmen! Pedro Azevedo senkte den Kopf. Er überdachte sein schweres Leben, das darin bestanden hatte, um diesen Boden zu kämpfen. Um dieses Stück Erde.

Hier hatte er seine Jugend verbracht, hatte als erster in dieser

Gegend Maschinen eingeführt, zunächst einen Pflug, den seine Nachbarn mit Befremden betrachteten. Es dauerte lange und kostete ihn viel Geduld, sie davon zu überzeugen, daß die Entwicklung der Landwirtschaft, die Zukunft der Pflanzungen von den Maschinen abhing, die die Kräfte der Menschen schonten. Als zwei Jahre hintereinander viel Regen fiel und die Baumwollernte gute Erträge brachte, konnte er alle Schulden bezahlen. Ein paar Jahre später war eine Trockenperiode über ihn hereingebrochen, die drei Jahre dauerte. Damals lernte er, das Land nicht zu verfluchen; er faßte sich in Geduld und hielt aus mit seinen Kräften. Auch jetzt würde er seine zweite Mutter nicht schmähen. Hatte er sein ganzes Leben zu kämpfen gehabt, so würde er weiterkämpfen; noch war er nicht zu alt dafür. Er würde diese Trockenheit überstehen, wie er alle anderen Notzeiten überstanden hatte. Gott würde helfen. Seine Kinder waren in Sicherheit. Liberato hatte sein Studium abgeschlossen und dachte daran zu heiraten …

Unversehens war es Nacht geworden. Pedro Azevedo ging ins Haus. Auf der Fazenda war nur noch Donana zurückgeblieben. Die Kinder wohnten in Natal in einem Haus, das ihm gehörte. Er fühlte sich einsam ohne sie. Aber wenigstens die Kinder sollten nicht so leiden. Sie sollten Wasser zum Baden haben und die große Not des Sertão nicht sehen. Donana aber war für ihn wie ein Stück gute Erde. Kraftvolle Erde. Dem Sertão verschworen bis zum letzten Atemzug. Seine quälenden Sorgen, seine Gebete, seine Mühen und sein Verzagen, sie teilte alles mit ihm. Eine andere Frau hätte in Natal bei den Kindern Zuflucht gesucht. Aber nicht Donana. Ihr Platz war hier, an Pedro Azevedos Seite. Sie war mehr als nur seine Frau; sie war der Ansporn, durchzuhalten.

Die Lampe im Wohnraum brannte. Der Tisch war gedeckt. Sie wollten eben anfangen zu essen, da trat Chicão ein und grüßte.

»Willst du mit uns essen, Chicão?«

»Danke, Onkel. Lieber nicht.«

»Gibt es was Neues?«

Pedro Azevedo fragte ängstlich. Es mußte etwas geschehen sein.

»Nein, Onkel. Es ist bloß … daß … es ist … daß …«

»Was ist los, Chicão? Warum sagst du's nicht?«

Chicão war die Kehle wie zugeschnürt.

»Ich ...«

Pedro Azevedo hatte verstanden.

»Du willst fortgehen, nicht wahr, Chicão? Du erträgst die Dürre nicht länger. Hab ich recht?«

Chicão nickte, ohne die Augen vom gestampften Lehmboden zu heben.

»Also auch Chicão will uns jetzt verlassen ...«

Pedro Azevedo sagte das ohne Zorn. Er konnte es dem Burschen nicht verübeln, ja, er wußte, Chicão handelte richtig. Ihn hielt hier nichts, denn er hatte keinen Besitz, keine Verantwortung, keine Lebensaufgabe. Er besaß nichts. Dennoch, es tat ihm leid, den Jungen zu verlieren. Er war ein tüchtiger Arbeiter gewesen und würde ihnen sehr fehlen.

»Also geh in Gottes Namen, mein Junge!«

»Ich möcht noch was sagen, Onkel. Ich will weg, ja. Aber das steht fest: Einen Monat wart ich noch. Wenn's in der Zeit regnet, bleib ich. Bloß, wenn nicht ... Ich will nicht hier kaputtgehen. Ich hab keine Angst vor dem Tod. Aber es muß doch nicht so einer sein ... Für jemand anders als Sie blieb ich jetzt keinen Tag mehr hier ...«

Er machte eine Pause, um sich zu beruhigen.

»Ich weiß, Sie haben nur noch wenig Leute und brauchen mich. Vater Neco ist alt. Ich weiß.«

Er sah Pedro Azevedo und Donana fest an.

»Ich bleib noch einen Monat und helfe Ihnen.«

Er drehte sich um und ging. Donana sagte: »Ein guter Kerl. Ein guter Kerl. Etwas verdreht. Und leiten läßt er sich nicht. Aber trotzdem, der ist in Ordnung.«

»Ich wußte, er würde irgendwann einmal fortgehen. Es wundert mich eigentlich, daß er so lange durchgehalten hat. Wenn ich könnte, hielte ich ihn zurück. Aber dazu hab ich kein Recht. Das verlange ich ja nicht einmal von meinen Kindern, denen dieses Land einmal gehören wird. Wir müssen ihn ziehen lassen ... Möge Gott ihn segnen ...«

Der Monat verging, aber der Regen blieb aus. Nach wie vor lag der Horizont hinter roten Schleiern.

Eines Abends kam Vater Neco mit einer Nachricht, vor der sich Pedro Azevedo die ganze Zeit gefürchtet hatte.

»Wir müssen das Vieh aufteilen, Senhor Pedro. Die Wasserstelle trocknet sonst aus.«

Wenn sogar diese Wasserstelle zu versiegen drohte, bedeutete das, daß die Trockenheit einen größeren Umfang angenommen hatte als je zuvor. Pedro Azevedo wischte sich den kalten Schweiß von der Stirn. »Morgen teilen wir die Herde. Wer kann uns dabei helfen?«

»Wir haben Chicão und die beiden Söhne von Castorina.«

»Schon gut, mein Freund. Laß uns früh mit der Arbeit anfangen.«

Schon im Morgengrauen war Pedro Azevedo bereit. Er ging zu Necos Hütte hinüber und fand dort sein Pferd gesattelt vor. Er begrüßte Nhá Rosa, die am Fenster stand.

»Wo ist Chicão?«

»Schon vorausgegangen.«

Sie machten sich auf den Weg. Die Luft war lau und stickig, und am Himmel zeigten sich die Vorboten der Feuersonne, erste Strahlen von rotem Licht. Sie trabten Seite an Seite, und keiner sagte ein Wort. Worüber hätten sie reden sollen? Wozu? Über das, was ihnen bevorstand? Sie mußten die Herde teilen. Das wertvollste Vieh würde an der Tränke bleiben. Die restlichen Tiere würden nur noch jeden zweiten Tag zur Wasserstelle geführt werden. Diese Herde hatte eine Zeit großer Leiden vor sich. Nur die widerstandskräftigsten Rinder würden überleben, wahrscheinlich nur ein paar hundert.

Und dann waren die Männer plötzlich am Ziel und begannen mit der Arbeit. Die Augen der Tiere blickten schwermütig, als könnten sie das ganze Ausmaß der Tragödie begreifen. Mit ermunternden Zurufen führte Chicão die Tiere von der Wasserstelle weg, in den trockenen Morgen hinein.

»Rebôlo! ... He! Sucuri! ... Weg da, Baronesa! ... He, Boi-i-i!« Der Staub, den die Herde aufwirbelte, senkte sich wieder über die leblose Landschaft.

Jeden Abend erschien Chicão im Gutshaus, um die Verluste zu melden. Einen Monat lang kämpfte er wie besessen um jedes Leben, hielt sich tagsüber auf den glühenden Weiden auf, versuchte den Rindern auf die Beine zu helfen, wenn sie umsanken, und Verzweiflung packte ihn, wenn er sie fallen und verenden sah. Er selbst hatte sie doch großgezogen, mit ihnen gelebt seit ihrer Geburt. Wieviel Spaß hatte es ihm gemacht, ihnen Namen zu geben!

Er stieg vom Pferd und ging zu einem Rind, das gestürzt war. Mit seinen starken Armen umfaßte er den Hals des Tieres, und mit zärtlichen Worten, die er aus der Tiefe seiner ausgetrockneten Kehle holte, half er ihm wieder hoch. Es war vergebliche Mühe. Das Rind hielt sich wohl noch ein paar Stunden aufrecht, dann wankten die Beine, der Blick irrte über die Landschaft, die im grellen Licht zitterte ... ein letztes Beben, und der Körper streckte sich auf den rötlichen Boden. Wieder eilte Chicão zu ihm. Er öffnete seinen Flaschenkürbis mit Wasser ein wenig und benetzte die glühheißen, aufgesprungenen Lippen des Tieres. Noch einmal umfing er seinen Hals und versuchte mit sanften Worten, es aufzurichten.

Die Tiere wurden immer schwächer, das Wasser immer weniger, die Ration immer kleiner. Und die Sonne brannte, sengte, tötete, vernichtete.

Unentwegt kreisten Aasgeier über dem Land, und die Weiden bedeckten sich mit Rinderschädeln und Knochen. Kahle Schädel reckten spitze Hörner anklagend in den Himmel.

Ein widerlicher Geruch von verwesendem Fleisch stieg in die Luft, vermischte sich mit dem erstickenden Staub und lag schwer über der ganzen Gegend. Noch ein Monat verging, und der Regen kam nicht.

Chicão warf sich auf die Knie. Er war wie besessen von dem Wunsch, hineinzubeißen in diese Erde. Ihr das Herz zu zerbeißen und diesem ganzen schrecklichen Todeskampf ein Ende zu bereiten.

Wie er sie haßte, diese ausgebrannte Erde! Er ballte die starken Fäuste und hämmerte damit auf den Boden, hämmerte wie ein Wahnsinniger, bis ihm die Hände blutig wurden, bis er, von der Anstrengung überwältigt, umsank. Langsam kam er wieder zu sich. Er verbarg das Gesicht in den blutenden Händen und weinte. Heulte auf wie ein Verrückter, und der Speichel trat ihm aus dem Mund und tropfte nieder auf die gefühllose, tote Erde ...

Chicão wußte sich keinen Rat. Sollte er nach Natal gehen? Im Hafen arbeiten? Baumwolle verladen? Dort gab es bestimmt Wasser. Da war der Fluß mit seinen Booten, seinen Lastkähnen, den Schiffen und den großen und kleinen Seglern. Aber nein. In Natal würde er Pedro Azevedos Kinder treffen, und Natal würde ihn an den Sertão erinnern, den er ein für allemal vergessen wollte.

Da fiel ihm ein, was er über die Salinen in Macau gehört hatte. Daß die Menschen dort nicht verhungerten. Es hieß, man müsse mit Schaufeln und Spitzhacken mitten im Meerwasser arbeiten, um das Salz zu gewinnen. Und mochte es auch noch so salzig sein, an Wasser fehlte es dort jedenfalls nie.

Und so entschied er sich für Macau. Die Reise konnte ihm zum Verhängnis werden, das wußte er. Zu Fuß mußte er Macau in einem Monat erreichen. Das war zu schaffen. Von seinen früheren Fahrten her kannte er sich auf den Straßen aus. Er würde das Seridótal durchqueren, oder noch besser, sich durch die Wildnis nach Baixa-Verde schlagen und dort den Zug nach Epitácio nehmen, von wo es dann nicht mehr weit sein würde.

Und so marschierte er los, ließ alles zurück, was er liebte: Pedro Azevedos Fazenda, Vater Necos Hütte und Rosa, die Jahr für Jahr ein Kind bekam, Senhor Venâncios Töchter, die trotz der grausamen Trockenheit immer noch schuften mußten, um nicht auf dumme Gedanken zu kommen … Aber das Elend heftete sich an seine Fersen, als sei es sein Schatten, und zog mit ihm durch den Sertão. Je weiter er kam, um so schrecklicher waren die Verwüstungen. Jetzt erst begriff Chicão das Ausmaß der Katastrophe.

Rechts und links der Straßen breitete sich eine Wüstenei aus. Die Bäume glichen schwarzen Gerippen. Die Hügel, das Buschland und die Straßen, alles war grau. Die Fazendas lagen verwaist und wie ausgestorben da. Auf den Weiden verwesten die Reste des Viehs. In den Hütten wohnte niemand mehr, und trotzdem hoffte Chicão immer wieder, er würde ein bißchen Wasser finden. Ging hinein, rieb sich die Augen, aber alles blieb totenstill. Immerhin, von der Hitze konnte er sich ein wenig erholen, denn Schatten gab es ja. Wer würde einmal zu diesen Hütten zurückkehren? Ob es jemanden gab, der eines Tages wiederkam?

Die Tage vergingen, Chicãos Körper war mit Schweiß bedeckt. Gelegentlich traf er Menschen. Es begann damit, daß schwarze Gestalten am Horizont auftauchten, dunkle Silhouetten, die sich von der Sonne abhoben und näher kamen. Dann sah er ihre Gesichter, schmutzig, hohlwangig, die Knochen von der Haut wie durch ein Wunder zusammengehalten, in Fetzen gehüllt, verdreckt und stinkend von Staub und Schweiß. Noch trugen diese Wesen, von denen man nicht sagen konnte, ob es Menschen waren oder wandelnde Leichen, Säcke, Hängematten und Tragkästen auf dem Rücken. Sie betrachteten ihn, als wollten sie mit ihren Blicken sein Elend messen und mit ihrem eigenen vergleichen. Dann vergewisserten sie sich, daß er ihnen nicht helfen konnte, lächelten traurig und zogen weiter. Hätten sie sich umgesehen, so wäre ihnen Chicão, wie er der Sonne entgegenschritt, als dunkle Silhouette erschienen. In dieser Landschaft aus violetten, rötlichen, grauen und schwarzen Farbtönen prahlten die Juàzeiro- und Quixabeirabäume mit ihrem Grün, als seien sie der grüne Zweig der Hoffnung, das Zeichen dafür, daß der Sertão eines Tages wieder grünen werde – mochte dieser Tag auch Ewigkeiten entfernt sein.

Unter einer Quixabeira sah Chicão eine Familie, die aufgegeben hatte. Er ging näher heran. Es waren fünf Personen, ein Vater mit vier Söhnen. Sie sagten, sie könnten nicht mehr, sie wollten hier sterben. Chicão redete ihnen zu: Sie sollten sich aufraffen, sollten mit ihm kommen. Ein Mann dürfe sich doch nicht so einfach unter einen Baum setzen und auf den Tod warten. Aber sie wollten nicht mehr leben. Sie blieben. Ihre Augen funkelten fiebrig, und sie starrten auf das öde Land, ein Land, von dem sie zu wissen glaubten, es habe nirgends ein Ende. Sie regten sich nicht und sagten auch nichts mehr. Hielten nur die fiebernden Augen auf die lichtflimmernde Landschaft geheftet.

Da Chicão damit rechnete, innerhalb von zwei Tagen Baixa-Verde zu erreichen, öffnete er den Reisesack und gab ihnen ein Stück von seinem Dörrfleisch. Während er weiterwanderte, überlegte er, daß er unklug gehandelt hatte. Diese Leute wollten ja nicht mehr leben. Mochten sie doch sterben! Vielleicht hätte er mit dem Stück Fleisch jemandem helfen können, der noch Lebenswillen besaß.

Auf den Feldern sah er nun immer häufiger auch die Gerippe von Menschen. Überall hockten Aasgeier. Wenn er an ihnen vorüberkam, erhoben sie sich, und das Geschwirr ihrer schwarzen Flügel hing wie eine drohende Wolke über ihm.

Es war, als seien alle Bewohner des Sertão auf der Wanderschaft. Sie kamen aus allen Richtungen, sie flohen in alle Richtungen und hofften, ihre Straße führe sie in ein glücklicheres Land. Sie hatten kein Ziel, und oft fanden sie den Tod gerade dort, wo sie ihn fern wähnten. Sie wanderten. Sie wollten weiter. Wichtig für sie war nur die Fortbewegung. Ob sie dem Tod entgingen, ob sie ihm in die Arme liefen, sie wußten es nicht.

»Wir wollen nach São Tomé ...«

»Da gibt's nichts. Ich geh ins Açutal ...«

»Im Açutal ist nichts zu holen. Wir kommen von da ...«

Und dann wanderten sie weiter, noch unsicherer, noch schwächer, und ihre Aussicht, am Leben zu bleiben, war geringer als zuvor.

Chicão trug jetzt nur mehr einen kleinen Rest Dörrfleisch im Reisesack. Wenn er in der Ferne eine Gruppe von Flüchtlingen auftauchen sah, verbarg er sich, denn aus Verzweiflung wurden die Menschen zu Verbrechern. Weil sie Durst hatten, schlugen sie einander tot. Fazendas, Höfe und kleine Hütten wurden überfallen und geplündert.

Viele, die auf eine Fazenda kamen, wurden vom Besitzer erschossen, während sie noch über den Hofplatz wankten. Andere rückten in schweigenden Scharen an eine Fazenda heran und umstellten das Haus. Von drinnen wurde ihnen zugerufen, sie sollten weiterziehen, man habe selbst nichts. Aber sie glaubten das nicht. Eine Kugel pfiff, und doch drangen sie weiter vor. Sie starben, aber sie gingen vorwärts. Sie starben, wie alles starb.

Deshalb wich Chicão ihnen aus oder versteckte sich. Er wollte mit niemandem mehr sprechen, niemanden sehen.

Das Dörrfleisch war zu Ende gegangen. Er hatte sich geirrt, als er meinte, er werde in zwei Tagen in Baixa-Verde sein. Oft schien ihm, als dehne sich der Sertão aus wie die Trockenzeit.

Langsam schlichen die Stunden des Tages dahin. Seine schmerzenden Füße begannen müder zu werden, doch glücklicherweise gelang es ihm immer wieder, ein paar Tropfen Wasser aufzutreiben. In den Städten und Ortschaften, durch die sein Weg führte, gab man ihm ein wenig. In den Städten sah es trostlos aus. Die Flüchtlinge machten sich über alles her.

Der Geistliche mußte auf die Kirche aufpassen, sonst wären sie auch dort eingebrochen. Selbst ihren Glauben hatten diese Menschen verloren. Schwerer als das, was sie durchmachten, konnte die Strafe Gottes sie nicht treffen. Sie lagerten in den vertrockneten Gärten mit den gelb gewordenen Bäumen, doch zum Glück für die Bewohner der Stadt hielt es sie nie länger als einen Tag. Am nächsten Morgen verschwanden sie wie eine Wolke Heuschrecken, vom Wind des Elends fortgetragen. Dann kamen neue Scharen. Eine nach der anderen, und sie sahen einander zum Verwechseln ähnlich.

Auch Chicão rastete gelegentlich. Wenn er in eine Stadt kam, suchte er den Geistlichen auf. Armer Pater! Sein Haus war ständig von Zerlumpten belagert, von dürren Händen, die sich aus Lumpen streckten, Köpfen, die mit Lumpen umhüllt waren, Stimmen, die aus Lumpen tönten, Hunger, der aus Lumpen schrie. Hätte man alle diese Lumpen auf einen Haufen geworfen und Petroleum darübergegossen, wie Wanzen hätten sie gebrannt. Und wahrscheinlich noch viel übler gerochen. Aber nein! Es waren ja Menschen, und sie kamen zu einem anderen Menschen, den sie anflehten, ihnen das Leben zu schenken. Der Pater, der arme Pater, er möge doch helfen, möge Gott bitten, daß er ihnen Hilfe schicke, denn seit zwei Jahren war kein Tropfen Regen mehr gefallen.

Eines Abends entdeckte Chicão in ziemlicher Entfernung eine einsame Hütte und ging langsam auf sie zu, denn seine Kräfte begannen nachzulassen. Bald würde es Nacht sein. Im Inneren der Hütte war es schon recht dunkel. Er trat ein, knotete seine Hängematte an die Dachbalken und setzte sich nieder. Sein Bündel hatte er auf den Boden gelegt. Er rieb sich die wunden Füße und lehnte sich zurück. Die Augen fielen ihm zu. Zwar brannte ihm die Kehle vor Durst, aber er hatte sich vorgenommen, nicht zu trinken. Nein. Es war noch ein Rest im Flaschenkürbis, und den wollte er für den nächsten Tag aufheben. Er würde viel Kraft brauchen, denn er mußte bis zum Abend Baixa-Verde erreichen. Man hatte ihm bestätigt, es sei nicht mehr weit dorthin. Plötzlich schien es ihm, als hätte sich etwas in seiner Nähe bewegt. Er vernahm ein Stöhnen, und das machte ihn wieder hellwach. Er sprang auf. Bei seiner Ankunft war er so erschöpft gewesen, daß er vergessen hatte, die Hütte zu überprüfen. Er holte Streichhölzer aus seinem Sack, riß eines an und hielt es hoch. Unter einem Haufen schmutziger Lumpen lag eine menschliche Gestalt. Eine abgezehrte Hand streckte sich ihm entgegen, und ein welkes Gesicht, ein Totenschädel unter gelber Haut lachte ihm zu. In den dunklen Augen glomm noch ein schwacher Funke Leben. Der Mund versuchte sich zu bewegen, die geschwollene Zunge wollte etwas sagen. Chicão griff nach seinem Sack, zog den Flaschenkürbis mit Wasser heraus, riß noch ein Streichholz an und kniete sich dicht neben den Körper. Er hob die Öffnung des Gefäßes an die schwarzen, rissigen Lippen und ließ, Tropfen für Tropfen, die Flüssigkeit ausfließen. Zuerst rührten sich die verkrampften Muskeln im Gesicht des anderen kaum. Dann aber erwachte die Gier, erwachte das Verlangen zu trinken. Wasser! Wasser! Tausende von Jahren hatte er darauf gewartet.

Chicão stützte ihn, wollte ihm noch einmal etwas Wasser geben, entdeckte aber, daß der Kürbis leer war. Alles trocknete aus. Wieder zündete er ein Streichholz an und betrachtete das, was einmal ein Mensch gewesen war. Er sah, daß der Mund sich bewegte. Er legte das Ohr an die Lippen des Verdurstenden und hörte überrascht, daß der Fremde ihn bei seinem Namen nannte.

»Chicão! ... Danke ...«

Bestürzt fragte er: »Wer bist du, Freund? Woher kennst du mich?«

»Ich bin ... bin ... Rivaldo. Geh schlafen, Chicão. Du ... bist müde.«

»Ist gut. Ja, es ist wahr, ich bin sehr müde. Ich laß den Flaschenkürbis neben dir. Wenn du was brauchst, roll ihn über den Boden, dann wach ich auf ...«

Er legte sich wieder in die Hängematte und überließ sich seinen Gedanken. Das also war Rivaldo. Der berühmteste

Tänzer des Nordostens. Keiner hatte getanzt wie er. Und jetzt war er ein Gerippe, in Lumpen gehüllt und dem Tod ganz nah.

Als er am folgenden Morgen erwachte, sprang er sofort auf, um nach dem Tänzer zu sehen. Er war tot. Neben ihm stand noch, gleich einer Schildwache, der leere Flaschenkürbis.

Chicão fuhr aus seinen Erinnerungen auf und versuchte sich zu orientieren. Er war nicht in der Hütte mit dem Toten, sondern er saß an der Uferstraße von Macau, blickte aufs Meer hinaus, sah die weißen Berge der Salinen in der Ferne schimmern, und plötzlich hämmerte in seinen Ohren wieder die Stimme des alten Malachias, der noch einmal die Bilder der Jugend heraufbeschworen hatte: »Dein Herz ist zersprungen, Chicão! ... Jetzt ist der Sertão wieder grün. Das ganze Seridótal ist grün. Auch der Apodi und das Tal des Açu. Die Felder von São Tomé haben sich mit Grün bedeckt. Der Fluß ist bis oben voll Wasser. Nur du bist tot, Chicão ... Nur du.«

Er erhob sich und schritt langsam in die Nacht hinein und auf den Roçadohafen zu ...

Zweiter Teil

1
Dom Miguel

Abgemagert, halb verhungert und halb von Sinnen kam Chicão in Macau an. Er setzte sich an den Kai und betrachtete die ihm fremde, heißersehnte Welt.

Zunächst ruhte er seine zerschlagenen Glieder aus und überlegte, was tun. In allen Siedlungen, durch die er auf seiner Flucht vor der Dürre gekommen war, hatte er erst einmal den Pfarrer aufgesucht. Das war wohl auch jetzt das beste. Er war zu schlapp, sich etwas anderes einfallen zu lassen. Außerdem wurde es schon Abend.

Er sprang hinunter und wusch sich das staubüberkrustete Gesicht im Salzwasser des Rio Açu. Dann warf er sein Bündel über die Schulter und zog weiter. Er fragte nach dem Haus des Geistlichen und erfuhr, daß er den Pfarrer mit Hochwürden anreden mußte: Hochwürden Honório, ein alter Herr, von dem alle mit großer Achtung, ja fast mit Liebe sprachen.

Dies hier mußte das Haus sein. Er klopfte, wartete, blickte an sich hinunter und stellte fest, wie verdreckt und abgerissen er aussah. Doch dafür würde ja wohl jeder Verständnis haben, der wußte, was er durchgemacht hatte. Eine Frau öffnete ihm. Er brachte sein Anliegen vor, wurde eingelassen und wartete nun auf dem Flur.

Drei Minuten später erschien Hochwürden Honório. Er sah sehr alt aus und hatte schlohweißes Haar, das noch weißer wirkte, weil das Klima von Macau sein Gesicht bronzefarben gegerbt hatte.

Hochwürden forderte Chicão auf, sich zu setzen. Der wollte zuerst nicht, denn er fand sich zu schmutzig, war aber viel zu müde, sich lange zu sträuben. Er bat um ein Glas Wasser und erzählte dann nach und nach dem alten Herrn seine Geschichte.

Hochwürden Honório kannte das alles. Wie viele Menschen aus dem Sertão waren schon bei ihm gewesen! Wie viele hatten ihm ähnliche Fälle von Not und Elend berichtet! Es war eine alte Geschichte: Der Nordosten wurde vernachlässigt und war allein auf Gottes Wohlwollen angewiesen.

»Hast du schon zu Abend gegessen?« fragte er, nachdem er geduldig zugehört hatte.

»Nein, Herr.«

»Dann komm mit mir. Ich will gerade essen. Dabei können wir in aller Ruhe miteinander reden.«

Er zeigte Chicão, wo er sich die Hände waschen konnte. Von Chicãos Bitte aber, in der Küche essen zu dürfen, wollte Hochwürden Honório nichts wissen: »Ich kenne deinen Onkel Pedro Azevedo. Und ich weiß, wenn ein Schützling von mir vor sein Haus käme wie du, er ließe ihn bestimmt auch nicht in der Küche essen. Er ist ein sehr guter Mensch.«

Besorgt beobachtete Hochwürden Honório, wie gierig Chicão zugriff, und stellte sich vor, wie viele Hungertage er hinter sich haben mochte. Er vermied es zu reden, damit sein Gast ungestört essen konnte.

Als er satt war, trat kalter Schweiß auf Chicãos Stirn, ein Zeichen seiner Erschöpfung, das dem Blick des Priesters nicht verborgen blieb.

Sie setzten sich auf die Terrasse und begannen zu reden.

»Du willst dir also hier Arbeit suchen?«

»Ja, Herr. Ich habe vor, in die Salinen zu gehen.«

»Das Leben dort ist furchtbar. Hast du schon einmal gesehen, wie in den Salinen gearbeitet wird?«

»Ich scheue mich vor keiner Arbeit.«

»Im Augenblick bist du viel zu schwach. Erst mußt du dich erholen. In diesem Zustand hältst du es keine zwei Stunden in der Sonnenglut aus.«

»Aber ich muß doch arbeiten, Hochwürden.«

»Wir werden einen Weg finden. Laß mich ein bißchen nachdenken.« Bedächtig kratzte er sich den Kopf, als verhülfe ihm das zu einer Lösung des Problems. Seine Augen erhellten sich. »Ich hab's. Wenn du in den Salinen arbeiten willst, mußt du ja vor allem in der Nähe wohnen. Kein einziger Salinenarbeiter haust hier in dieser Gegend. Ich hab einen Freund. Ja, das wird gehen. Ein guter Freund und ein guter Mensch. Ein Spanier. Dom Miguel heißt er.« Hochwürden Honório lächelte vor sich hin. »Wenn du zu ihm gehst, dann rede ihn mit Dom Miguel an. Darüber freut er sich. Dich kostet es ja nichts, und ihm klingt es vertraut, weil man's in seiner Heimat so sagt. Vergiß es nicht: Dom Miguel. Dom, mit m am Ende.«

Chicão wiederholte es richtig, und Hochwürden Honório

fuhr fort: »Also, morgen gebe ich dir einen Empfehlungsbrief. Du kannst bestimmt bei ihm wohnen. Er besitzt einen kleinen Laden. Bis du wieder bei Kräften bist, hilfst du ihm da. Einverstanden?«

»Ja, Herr.«

Hochwürden Honório merkte, daß Chicão die Augen zufallen wollten. Der Bursche bemühte sich zwar, sie offenzuhalten, doch die Erschöpfung war stärker als er.

»Du mußt jetzt schlafen!«

»Nein, Hochwürden ... ich ...«

»Versteh schon, mein Junge. Ich bin alt und kenn das Leben. Komm mit mir.« Er führte ihn in ein Zimmer. »Hast du eine Hängematte bei dir?«

»Ja, Herr.«

»Dann kannst du sie hier befestigen. Schlaf gut! Ich wecke dich morgen vor der Messe. Gute Nacht!«

Am nächsten Tag packte Chicão seine Sachen zusammen, um zum Roçadohafen zu gehen. Er küßte Hochwürden Honório die Hand und nahm den Empfehlungsbrief in Empfang. Als er schon ein Stück entfernt war, hörte er den Priester hinter sich her rufen: »Und vergiß nicht, ihn mit Dom Miguel anzureden!«

Wie anders sah die Welt aus nach einer gut durchschlafenen Nacht, mit einer warmen Mahlzeit im Bauch!

Der Weg führte Chicão durch Straßen, die einander sehr ähnelten, wo ein Haus dem anderen glich. Er suchte Dom Miguels Laden. Nach der Beschreibung mußte es dieser hier sein. Er betrachtete die drei Eingangstüren, von denen zwei der Sonne wegen abgedunkelt und verschlossen waren. Durch die dritte trat er ein. Hinter der Theke saß ein Mann in Hemdsärmeln und las. Chicão grüßte und übergab ihm den Brief. Der Mann legte die Zeitung weg und überflog aufmerksam die Zeilen.

Das also war Dom Miguel! Er mußte schon über die Vierzig sein, sah aber durchaus noch jugendlich aus. Mit seinem gutgeschnittenen Gesicht, dem dichten, gepflegten Bart und der trotz der Feuersonne Macaus weißen Haut war er eine stattliche Erscheinung.

Dom Miguel hob die Augen, die weder grün waren noch schwarz, und musterte den vor ihm Stehenden. Die Prüfung dünkte Chicão endlos. Schließlich lächelte Dom Miguel, und Chicão erwiderte sein Lächeln.

»Hast du wirklich vor, in den Salinen zu arbeiten, Junge?«

»Ja, Herr.«

»Nun, das wird sich machen lassen.«

Er sprach ein fast reines Brasilianisch, mischte aber gelegentlich spanische Ausdrücke in die Unterhaltung. Wiederum musterte er Chicão von oben bis unten. Er merkte natürlich, wie entkräftet er war. Wieviel mußte ein Mensch gelitten haben, dessen Gesicht so ausgezehrt und von der Sonne verbrannt war! Er wußte, was Dürre hieß. Immer, wenn diese Naturkatastrophe über das Land hereinbrach, rückten Scharen ähnlich ausgemergelter und abgerissener Gestalten an und baten flehentlich um Arbeit in den Salinen. Es war ein grausames Schicksal.

»Du bist sehr geschwächt. Zumindest in den nächsten vierzehn Tagen wirst du schwerer Arbeit nicht gewachsen sein. Der Hunger muß dich sehr mitgenommen haben.«

Chicão lächelte traurig: »Das stimmt.«

»Aber all das kriegen wir wieder in Ordnung. Erst einmal brauchst du ein Bad. Ein gründliches Bad. Nachher ...« Er sah sich Chicãos Bündel an und erriet den Inhalt. Eine Hängematte würde darin sein, eine Decke und ein oder zwei Andenken an den Ort, aus dem er kam. Nichts sonst. Der Reisesack dieser Unglücklichen war immer leer und leicht.

»Hast du noch mehr Kleidung als das, was du jetzt auf dem Leib trägst?«

»Ich hatte was zum Wechseln mit, aber es war mir zu schwer, und da hab ich's unterwegs weggeworfen.«

»Hm.«

»Jetzt hab ich nur noch dies.«

Dom Miguel besah sich das zerschlissene Hemd und die Hose mit den aufgerissenen Säumen.

»Das sieht schlimm aus. Ich geb dir was anderes. Komm mit.« Er schloß die Ladentür, und Chicão folgte ihm durch die angrenzende Wohnung auf den Hof. Dort war hinter einer Einfriedung aus Palmblättern ein Stück als Waschraum abgeteilt. Chicão trat hinein und zog sich aus. In einer Ecke fand er einen großen Krug mit Wasser und daneben eine Kürbisschale zum Schöpfen. Der Spanier brachte ihm noch Seife und Handtuch, und Chicão ließ das Wasser an den mageren Gliedern herunterlaufen, wusch sich den Kopf und seifte den ganzen Körper ein. Als er fertig war, zog er sich an und trat ins Freie. Wie anders er sich jetzt fühlte! Den ganzen verdammten Dürrestaub hatte er von sich abgespült. Er konnte wieder daran denken zu leben. Wohlgefühl durchströmte ihn.

Dom Miguel beobachtete ihn.

»So siehst du schon besser aus. Ich glaub, jetzt brauchen wir nur noch ein gutes Mittagessen.«

Für Chicão begann ein ganz neues Leben, von dem er früher nur geträumt hatte. Er gewann seine frühere Sicherheit zurück, machte sich bei Dom Miguel im Laden nützlich und hatte reichlich zu essen. Von seinem Arbeitsplatz hinter der Theke aus wanderte sein Blick oft hinaus in den weißen, grellen Glanz des Tages, und er versuchte sich vorzustellen, wie wohl das noch ganz andere Leben aussah, das bald auf ihn zukommen würde.

Schimmernd und starr wie Messerspitzen ragten in der Ferne die Salzpyramiden auf. Und die Menschen, die sich vor den weißblendenden Halden bewegten, nahmen sich wie kümmerliche schwarze Punkte aus.

2
Joaninhas Geschichte

Solange Chicão noch nicht wieder ganz bei Kräften war, befriedigte ihn die Arbeit im Laden und im Schankraum. Schon allein, weil er auf diese Weise Dom Miguel helfen und sich so seinen Lebensunterhalt verdienen konnte. Die Arbeit kam ihm, der es ja gewohnt gewesen war, schwer zu schuften, wie ein Kinderspiel vor. Noch mehr sogar, wenn er zurückdachte an die Strapazen seines Marsches durch die endlosen, von der Dürre heimgesuchten Regionen, die er eben erst hinter sich gelassen hatte. All das würde allmählich verblassen und bald nur noch als undeutlicher Schatten wie ein böser Traum in seiner Erinnerung haften. Er spürte geradezu, wie seine Kräfte zurückkehrten. Schon trat gelegentlich ein fröhliches, manchmal übermütiges Lächeln auf seine Lippen. Seine Muskeln wurden stark und prall. Das Leben war wieder lebenswert.

Es war etwas Neues für ihn, den Fischern Schnaps zu verkaufen und Dörrfleisch, Dochte für die Lampen und Petroleum. Dabei lauschte er ihren Gesprächen. Über die Salzarbeiter hörte er immer nur traurige Dinge. Aber er vernahm auch Gerüchte aus dem Sertão, Geschichten von der Dürre, Nachrichten aus den Weiten des Nordostens, durch die er gewandert war. Von Kämpfen erzählten die Fischer, von Verbrechen und Messerstechereien, Schüssen und Schlägereien. Dabei leerten sie die Schnapsgläser, lachten gutmütig und spuckten auf den Boden …

Chicão klebte an der Theke und konnte sich nicht satt hören. Diese Art Unterhaltung war neu für ihn und faszinierte ihn. Da gab es die Geschichte von Booten und Küstenseglern, von Frachtkähnen und Schiffbrüchigen, vom Leben der Fischer und von Netzen, die unter dem Angriff der Haie zerrissen. Vom Hammerfisch, vom Gesprenkelten und schließlich von einem Hai, der an der Stirn einen Spiegel trägt, um die Fischer damit zu locken und zu betören …

Die schönsten Geschichten wußte der alte Mann aus Bahia zu erzählen. Er hatte eine sehr ausdrucksvolle Stimme, die er auf seine besondere Art einsetzte und jeweils der Stimmung anzupassen verstand, die sich von den Gesichtern seiner Zuhörer ablesen ließ. Ein richtiger Schauspieler war er, blickte düster, wenn er von Gefahren berichtete, ließ die Mundwinkel hängen, wenn die Sache hoffnungslos stand, konnte Furcht vortäuschen und vor Tapferkeit platzen. Alles in der richtigen Dosierung und ganz so, wie es zu seiner Geschichte gehörte.

Gegen Abend brannte Chicão schon auf den Augenblick, wo der Bahianer kam, seinen Schnaps kippte, auf den gestampften Lehmboden spuckte und zu erzählen begann. Immer fing es damit an, daß er die Minderwertigkeit des Schnapses von Macau mit der Qualität eines anderen verglich, den er früher einmal getrunken hatte: »Bloß in Januário taugt der Schnaps was, dort im Tal des Rio São Francisco …«

So begann er. Und dann kam er auf einen Schwank aus dem Leben von irgendwem, und es wurde die interessanteste Geschichte daraus. Und wenn er erst von Bahia erzählte! Wie er sich da erregte! Er kannte ganz Bahia, das Innere des Staates und die Küste. Auf dem Meer war er groß geworden und immer unterwegs gewesen. Wenn aber die Zeit kam, das Salz zu ernten, tauchte er hier in Macau auf und ließ sich die Füße zerfressen von der Salzlauge. Denn seltsamerweise gefiel ihm diese Arbeit. Ob nun die Füße heil waren oder aufsprangen, das machte ihm nichts aus. Jedesmal, wenn er von seinen Reisen kam, um in den Salinen zu arbeiten, hatte er viele neue Geschichten auf Lager. Am liebsten hörte Chicão, wenn er vom Meer erzählte. Der Bahiano kam herein, schnappte eine Bemerkung auf über den Untergang irgendeines Bootes oder das Kentern einer Bark, und schon fiel ihm eine weit schlimmere Geschichte ein, die er selbst miterlebt hatte. Er bekreuzigte sich zweimal, um Aufmerksamkeit zu erregen, und begann, wie immer, damit, Seine Heiligkeit, den Anhamburucu, anzurufen. Ohne Anhamburucu taugten für ihn die Geschichten vom Meer aus Bahia nichts, es fehlten ihm Saft und Kraft.

Eines Abends – der alte Mann hatte seine Zuhörer ganz in seinen Bann geschlagen, und die Petroleumfunzel flackerte im Alkoholdunst – erklang plötzlich eine Stimme vom Eingang: »Guten Abend allerseits!«

»Guten Abend, Joaninha!«

Chicão wandte den Kopf nach dem Mädchen, das lächelnd eingetreten war. Sie war bestimmt noch keine zwanzig und hinreißend schön. Sie trug ein etwas zerknittertes weißes Kleid, unter dem sich spitz und aufreizend ihre Brüste abzeichneten. Die hochhackigen Sandalen an den Füßen sorgten dafür, daß das Hinterteil sich etwas nach oben schob, als sollten die Blicke der Männer besonders darauf aufmerksam gemacht werden. Vielleicht aber war das unbeabsichtigt. Freilich, das Hinterteil war nicht das einzig Auffallende an diesem Salinenmädchen. Chicão betrachtete wohlgefällig ihre rundlichen Arme, die teefarben waren und einen rosigen Schimmer zeigten; einen zartgeschwungenen Hals; schwarzes, widerspenstiges Haar, das frei nach hinten fiel und dem man ansah, wie schwer es sich bändigen ließ; einen halboffenen Mund mit heiterem

Lachen; darüber die kleine, aufregende Nase; und zwei mutwillige Augen, die ganz bewußt den Grad der Spannung abzuschätzen schienen, den ein so beschaffener Körper auf den Männergesichtern auslöste.

Das war Joaninha, die gewiß genauso glutvoll war, wie ihr Äußeres vermuten ließ.

»Geben Sie mir einen halben Liter Petroleum, junger Mann.«

Damit durchbrach sie den Kreis der schwatzenden Männer und lachte Chicão an.

Als sie die Glasflasche über die Theke reichte, bewegten sich ihre Brüste unter dem weißen Kleid, und der Stoff raschelte. Chicão nahm das Gefäß entgegen und starrte einen Augenblick lang in das Gesicht vor ihm. Sein Herz klopfte ihm bis zum Hals, und auf seine Lippen trat ein jugendlich sieghaftes Lächeln.

Sie wollte sogleich wieder gehen, aber die Männer legten es darauf an, sie zum Reden zu bringen.

»Na, Joaninha, wie geht's denn?« fragte der Alte aus Bahia.

»Man lebt.«

»Und was macht das Herz?«

»Es schlägt.«

»Und ... die Männer?«

»Was für Männer?« Sie setzte ein boshaftes kleines Lachen auf und fuhr fort: »Für mich gibt's keine mehr!«

»Und ich? Magst du ... nicht mich vielleicht?«

Spöttisch musterte sie den Bahianer.

»Du kannst nichts als reden, Bahiano. Außerdem wirst du alt.«

Alles lachte. Der Alte stand etwas betreten da.

»Dann gute Nacht allerseits!«

Sie war im Hinausgehen, aber in der Tür drehte sie sich noch einmal um und erklärte vielsagend: »Ich glaub, jetzt komm ich jeden Abend Petroleum kaufen. Es lohnt sich.«

Sie lächelte Chicão zu, schwenkte den wohlgeformten Schwerpunkt ihres Körpers und verschwand.

»Ist das ein Weib!« sagten die Männer. »Donnerwetter, ja.«

»Ja, wahrhaftig.«

»Kannst dir was einbilden, Junge!« meinte der Bahianer

plötzlich. »Die macht sich hier sonst aus keinem was. Hat mal gesagt, die Männer, die taugen schon nichts, eh' sie auf die Welt kommen. Aber wie die dich angeguckt hat! Mensch, da wird noch allerhand draus!«

Jemandem kam es in den Sinn, den Bahianer nach ihr zu fragen: »He, Bahiano! Du kennst Gott und die Welt und erzählst darüber – nie was über Joaninha? Wetten, daß du nichts weißt?«

»Doch. Aber das ist eine dumme Geschichte. Eigentlich überhaupt keine rechte.«

»Erzähl sie trotzdem!«

»Rede schon, Bahiano!«

Chicão verging fast vor Neugier. Wie er darauf brannte, etwas über dieses Mädchen zu erfahren, dieses quicklebendige Geschöpf!

Diesmal bekreuzigte sich der Bahianer nicht, brachte auch seinen Anhamburucu nicht an, wie sonst in seinen Geschichten vom Meer.

»Da gibt's nichts Besonderes, das hab ich euch ja schon gesagt. Joaninha stammt aus Macau und ist hier am Strand groß geworden. Zu einem hübschen Mädchen wuchs sie heran. Und als sie sich dann so entwickelte ... ihr kennt sie ja, ungefähr so wurde, wie sie jetzt aussieht, da war da dieser braune Körper, und die Jungfernschaft, die roch man schon von weitem, das fiel auf. Und deshalb fragte dann auch ein Herr aus Caicó bei ihr an, der wollte sie als Dienstmädchen auf seine Fazenda haben. Und dann ist passiert, was jedem Mädchen passiert, das so im Übermaß mit gewissen Dingen ausgestattet ist. Der Herr ... na ja ... schickt sie in den Wald, Holz holen, na ja ... zufällig trifft er sie da, na ja ... und dann passiert's eben. Und aus und vorbei ... Das ist alles.«

»Und hinterher?«

»Nichts war hinterher. Das ist doch nun mal so bei den großen Fazendeiros. Immer dasselbe.«

»Was für ein Halunke!«

»Wieso Halunke? Hättest du's nicht genauso gemacht?«

»Ich? Na ...«

»Gib's schon zu. Jeder würde tun, was der gemacht hat.«

»Aber wie ging's dann weiter?«

»Gar nicht. Wahrscheinlich gefiel's ihr, denn sie blieb da. Sammelte weiter Holz im Wald und traf ihn dann rein zufällig ...«

»Wie sie redet, sieht's doch aus, als ob sie keine Männer mag. Hast ja auch gehört, wie sie gesagt hat, Männer taugen schon von Anfang an nichts.«

»Das sagt sie nur aus Verbitterung. Nun ja, bei dem war's ja auch so. Der kriegte es nämlich mit der Angst, er könnte sich irgendwie in die Nesseln setzen. Fürchtete sich vor der Familie. Da schmiß er sie raus. Erst das Deckelchen ab und 'ne Zeitlang tüchtig ausgenutzt, dann ein paar Geldscheine in die Hand gedrückt und 'ne rührselige Geschichte aufgetischt, wie im Kino, und zum Schluß kann das arme Luder losziehen und sich einen andern suchen. Verständlich, daß sie wütend auf die Männer ist.«

»Wie lange ist sie denn schon wieder hier?«

»So zwei Jahre werden's sein. Sie wohnt bei der Tante Cristina, einer Alten, die aber gar nicht ihre richtige Tante ist.«

»Ist das die Fette mit dem riesigen Busen?«

»Ja, die. Und ob du's mir glaubst oder nicht, die war früher ein Bild von einer Frau. Ich weiß es noch genau. Da gab's keinen, der nicht gern ein Techtelmechtel mit Tante Cristina angefangen hätte. Heute ...«

»Und Joaninha, ist die denn nie mehr mit einem gegangen?«

»Nicht daß ich wüßte. Die ist stolz. Wenn sie nicht ...«

»Die sollte es aber verflixt nötig haben.«

Alle schauten zur Theke. Chicão fühlte, wie ihm die Hitze in den Kopf stieg. Wäre es nicht so dämmerig gewesen, sie hätten merken müssen, wie rot sein bronzefarbenes Gesicht anlief.

»Nutz es aus, Junge!«

Es hatte ihn gepackt. Klar, daß er diese Gelegenheit ergreifen mußte.

Fortan waren ihm die Geschichten des Alten aus Bahia gleichgültig. Einzig und allein um Joaninha kreiste sein Denken. Was gingen ihn noch die aufregenden Geschichten an, die ringsum erzählt wurden? Die Abenteuer auf dem Meer? Der Gott Anhamburucu? Das alles war jetzt völlig belanglos. Nicht aber seine Sehnsucht nach diesem Geschöpf aus Fleisch und Blut: Joaninha ...

3
Menschliches Dörrfleisch

Als Chicão völlig hergestellt war, begann er wieder an die Salinen zu denken. Er hatte zwar keineswegs vergessen, was Dom Miguel ihm gesagt hatte, aber das konnte ihn nicht zurückhalten. Er war schließlich kräftig und würde der Arbeit schon gewachsen sein. In den verfluchten Sertão heimzukehren, das kam für ihn nicht in Frage.

Er bewarb sich bei den Salinen und wurde sofort angenommen. Da die Salzernte bevorstand, fehlte es an Hilfskräften. Zunächst wollte er die Arbeit ausprobieren und legte sich deshalb nur für kurze Zeit fest. Sollte sie ihm gefallen, dann konnte er seinen Arbeitsvertrag ja nach Belieben verlängern. Er kam zurück und teilte Dom Miguel die Neuigkeit mit.

Der Spanier lächelte traurig, sagte nichts und nahm den Entschluß des Burschen schweigend zur Kenntnis. Er dachte über dieses junge Leben nach, das im Begriff war, sich im Grab des Barro Blanco, des weißen Schlicks, einzugraben und zugrunde zu gehen wie so viele vor ihm: mit verminderter Sehkraft oder auf einen Schlag erblindet beim Umgang mit dem Salz, mit Füßen, die rissig wurden unter der giftigen Einwirkung des Chlornatriums. Wenn man sich vor Augen hielt, daß diese verstümmelten Menschen für das Salz nicht die geringste Bedeutung besaßen! Wichtig waren sie ja nur für die Besitzer der Salinen. Dem Salz war es gleichgültig, ob es ein oder hundert Leben vernichtete. Aber in der Ferne, weit weg von dieser Hölle, saßen die Eigentümer, Leute, die noch nie eine Saline aus der Nähe gesehen hatten, die aber den Lebenssaft ihrer Mitmenschen aussaugten, um noch reicher zu werden. Schon seit vielen Jahren beobachtete Dom Miguel die Entwicklung dort, erlebte den Untergang der kleinen Unternehmen mit, deren Besitzer so lange von Krisen heimgesucht wurden, bis ihnen gar nichts anderes übrigblieb, als ihre Salinen den großen Herren zu überschreiben. Denn sie waren schutzlos den Zufälligkeiten des Wirtschaftslebens ausgeliefert, abhängig von der Unbeständigkeit des Marktes, ohnmächtig, wenn ihr Erzeugnis plötzlich im Wert fiel oder stieg. All das aber wurde von mächtigen Salinenbesitzern manipuliert, die den fauligen Gestank einer Saline noch niemals von nahem gerochen hatten, die nicht danach fragten, wie sie die Körper, die Träume, die Kräfte von Menschen zersetzten, die bis zum Hals im Elend steckten, lebendig begraben zwischen Haufen von Salz ...

Gewaltsam und mit Bedacht erzeugt, brachen jähe Krisen über die kleinen Unternehmen herein und zwangen sie zum Verzicht auf jeden Wettbewerb mit den großen. Sie mußten zusehen, wie ihre Salinen, die sie Jahre von Kampf, Schweiß und Hoffnungen gekostet hatten, für einen lächerlichen Preis in die Hände kapitalstarker Gesellschaften fielen. Es war ein ungleicher Kampf, bei dem das Gesetz auf seiten der Mächtigen stand. Dom Miguel hatte mit angesehen, wie diese Entwicklung immer weitergegangen war ...

Von fern drang die schrille Stimme der Sóia an sein Ohr, die ihre Heilkräuter verhökerte: »Kauft Juá, Jucá, Chinarinde ...«

Eintönig, ewig gleich, wie das unveränderliche Bild der Salinen, erklang die Stimme der alten Frau, immer im selben Singsang.

Dom Miguels Augen wurden feucht.

Alles dies gehörte zu Macau, wo sich die größten Salinen der Welt blendend weiß und fühllos längs der Ufer des Rio Aço, des Rio dos Cavalos und des Amargozinho hinziehen und mit spitzen Brüsten gen Himmel starren.

Um vier Uhr morgens stand Dom Miguel auf und rüttelte an Chicãos Hängematte.

»Vier Uhr, Junge!«

Chicão wurde lebendig, setzte sich auf und gähnte. Dann schlüpfte er in die Sandalen und ging hinaus, um sich das Gesicht zu waschen. Die Morgenluft war angenehm frisch. Heute sollte er mit der neuen Arbeit anfangen. Während der Zeit bei Dom Miguel hatte er sich nach allem, was die Salinen betraf, so eingehend wie möglich erkundigt. Er war zwar ein Neuling in der Arbeit selbst, wußte aber sonst ziemlich Bescheid.

Er wärmte sich ein wenig Kaffee, trank ihn, verabschiedete sich von Dom Miguel und ging durch die Hintertür des Ladens hinaus. Hell dämmerte der Morgen herauf. Schon zeichnete die Sonne rote Linien an den Himmel und kündete einen heißen Tag an.

Chicão schlug den Weg zu den Salinen ein. Viele Leute wanderten in die gleiche Richtung. Die Arbeit begann stets um fünf Uhr früh.

Die Salzernte hatte vor kurzem begonnen. Die Arbeiter sahen einer harten Zeit entgegen, denn für dieses Jahr waren mindestens drei Ernten angeordnet worden, ehe die Regenfälle einsetzten. Seit zwei Jahren hatte es nicht geregnet. Es war deshalb möglich, daß die Regenzeit jetzt unerwartet früh kam und den Kristallisierungsprozeß verdarb. Früher hatte es schon zweimal hintereinander lange Regenwinter gegeben, und das hatte sogar den Salinenbesitzern allen Mut genommen. Zwei Jahre mit heftigen Regenfällen konnten die ganze Produktion zum Erliegen bringen. Die Männer taten ihr Bestes, denn die Zeit drängte. Die Ernte mußte innerhalb einer bestimmten Frist abgeschlossen sein, damit das Hochwasser nichts von dem zum Bleichen ausgelegten Salz wegtrug und auflöste. Geschah es trotzdem einmal, kam es zum unverantwortlichen Vertrieb von ungereiftem Salz, einem schmutzigen Material voller Giftstoffe, unter dessen Einwirkung das Dörrfleisch faulte, ja das schon in kleinsten Mengen verwendet, die ganze Arbeit der Hersteller von getrocknetem Rindfleisch zunichte machte.

Die Männer waren also mit der Ernte beschäftigt und setzten die nackten Oberkörper der Sonne aus, während sie mit Schaufeln, Brecheisen und Spitzhacken den weißen Salzkegeln zu Leibe rückten, dieser fast steinharten, aber noch ungereiften Substanz.

Einer seltsamen Laune der Natur zufolge vollzieht sich in den spitzen Sandhaufen eine wunderbare Verwandlung. Während der Zeit der Hochfluten fängt man das Meerwasser in ebenmäßig geschnittenen, niedriggelegenen Becken auf und hält es darin zurück. Man läßt es stehen, bis es zu einer starken Salzlauge verdampft ist. Danach wird es in die eigentlichen Verdunstungspfannen weitergeleitet, wo es lange Zeit hindurch bleibt. Sobald es den notwendigen Sättigungsgrad besitzt, kommt es in sorgfältig vorbereitete Behälter, deren Wände mit Brettern verkleidet sind, die sogenannten Kristallisatoren. Nun beginnt die Vergiftung des Wassers mit schädlichen Begleitstoffen wie Magnesiumchlorid, Natrium- und Kaliumbromid und anderen, weniger bedeutenden Stoffen. Man leitet nun die wertlose, faulige Flüssigkeit, der man das entzogen hat, was man von ihr haben wollte, das eigentliche Salz, und die man nun nicht mehr braucht, ins Meer zurück ...

Eine einfache Geschichte, die Gewinnung des Salzes. Sechs Monate läßt man es ruhen. Im Laufe dieser Zeit bildet sich auf der Oberfläche eine glitzernde Schicht, die mit jedem Tag dikker wird, und schließlich kann der Abbau beginnen.

Bis zu diesem Stadium war der Prozeß jetzt gediehen. Die Männer machten sich an die Arbeit. Sie brachen die Salzkruste in Stücke, um sie danach im Meerwasser zu waschen und nach der Wäsche für die Dauer eines Jahres einzulagern. Sie füllten die Becken neu, in denen sich der Kristallisationsprozeß vollzogen hatte. Sie gingen daran, das harte, noch ungereinigte Salz zu zertrümmern, das sich vom Wasser geschieden hatte.

Die Sonne brannte ihnen unbarmherzig auf den bloßen Rükken. Sie standen bis zu den Knien im Wasser. Chicão war einer von ihnen. Seine Füße begannen furchtbar zu brennen. Das kam vom Chlorid, das sich ins Fleisch fraß. Gefährten merkten es und lachten. »Das hat nichts zu sagen«, meinten sie. »Daran gewöhnst du dich schnell. Haben wir alle durchgemacht. In den ersten Tagen tut's weh. Schadet nichts. Später, wenn die Füße erst aufgesprungen sind ...«

»Die Füße aufgesprungen?«

»Ja. Nachher, wenn sie so aussehen ...« Ein Mann stützte sich auf den Schaft seiner Spitzhacke und hob den Fuß. Lachend fuhr er fort: »Auch deine Füße werden so. Genau wie unsere. Diese Risse sind wie die Rinnen, durch die das Salzwasser fließt ...«

Chicão riß entsetzt die Augen auf. Der Fuß sah abgeflacht aus, ganz entstellt und voller Furchen. Das Salzwasser war im Begriff, ihn völlig zu zerfressen. In allen Richtungen klafften mehr als fingerdicke Risse. Solche Füße konnten nicht mehr heilen, entzündeten sich allerdings auch nicht – so behaupteten die Männer – und hörten auf zu schmerzen. Das Salz selbst verhinderte eine Infektion. Und das sollte man noch einen menschlichen Fuß nennen, dies grausig verformte Ding mit den weißlichen Wunden, deren Mitte rot war wie rohes Fleisch? Und darüber konnten sie noch lachen, als bedeutete es nichts?

Wie einfach sah die Welt aus! Sie hatten nur die Wahl zwischen dem Sertão und den Salinen: Entweder bekam der Sertão Risse von der Dürre, oder ihre Füße bekamen Risse vom Salzwasser. Beides barst und wurde zersetzt wie vom Krebs, wie von der schlimmsten und hartnäckigsten Lepra. Und sie beachteten es nicht einmal, hatten sich längst daran gewöhnt!

Chicão hob seinen Fuß und betrachtete ihn, dann den anderen. Beide waren rötlich angelaufen. Das Salz begann die Haut anzugreifen. Einige Tage lang würden die Füße brennen wie höllisches Feuer. Auch er hatte sich damit abzufinden und über all das zu lachen wie die anderen, oder er mußte aufgeben, mußte weggehen. Dabei war dies sein erster Arbeitstag in den Salinen! Nur wenige Stunden lagen hinter ihm, und schon begann er den Mut zu verlieren, den ersten Anflug von Verzweiflung zu spüren. Das war doch keine Arbeit für menschliche Wesen! Waren diese Menschen denn schon so abgestumpft, daß sie noch lachten, wenn sie die ungeheuerliche Verstümmelung eines Fußes betrachteten?

Er beugte den Rücken, packte das Stemmeisen und zertrümmerte die durchscheinende Schicht, die das Salz gebildet hatte.

Der Tag schritt voran. Die Sonne stand hoch. Das Licht glitzerte auf den Salzbrocken und brach sich regenbogenbunt in den Kristallen. Die Augen konnten den grellen Glanz kaum ertragen. Je weiter die Zeit vorrückte, desto stärker wurden die Sinne der Arbeiter angegriffen.

Pfeifend fuhren die Spitzhacken ins Salzgestein, wie grelle weiße Funken stoben die Kristalle in alle Richtungen. Der Schweiß der Körper mischte sich mit dem Schweiß des Meeres.

Chicão war wie gebadet. Das Wasser lief ihm von der Stirn ins Gesicht, und er hielt inne, um sich mit der Hand die Augen auszuwischen. Da schrie ein Arbeitskamerad: »Bist du wahnsinnig? Tu das nicht! Hast doch Salzgifte an den Händen. Davon sind schon viele blind geworden.«

Chicão warf dem Mann einen dankbaren Blick zu und hackte wieder drauflos. Seine Augen brannten wie glühende

Kohlen. Auch daran würde er sich gewöhnen müssen. Schließlich hatten alle anderen es auch geschafft.

Die Sonne stand schon hoch am Himmel, es mochte etwa zehn Uhr sein. Der Tag schien vollständig in Weiß getaucht, in spiegelndes, loderndes Weiß, so als ob das Salz die Weißglut des Sonnenlichtes gespeichert hätte. Dieses von überall heranbrandende Weiß war zum Wahnsinnigwerden. Hacken!... Hacken!

Um halb elf hielt es keiner mehr aus. Chicão sah sich nach seinen Kameraden um und konnte sie nicht mehr richtig erkennen. Sie waren zu Schatten geworden, die sich verschwommen im blitzenden Weiß des Tages, der Sonne und des Salzes bewegten. Alles flimmerte ihm vor den brennenden Augen. Wenn die Männer nicht blind werden wollten, mußten sie jetzt aufhören.

Das Signal für die Mittagspause ertönte. Sie legten ihre Werkzeuge hin und verließen die Arbeitsplätze. Ausruhen! Erst nach zwei Uhr konnten sie weitermachen. Bis dahin nahm die Lichtfülle etwas ab, und man konnte wieder sehen, was man tat. Essen gab es im Schuppen.

Während die Männer dorthin gingen, bogen sie ihre Hutkrempen zum Schutz der brennenden Augen so tief wie möglich nach unten. Sie wuschen sich die Hände und setzten sich.

Chicão strich sich über die Augenlider. Als er imstande war, wieder einigermaßen normal zu sehen, betrachtete er seine Füße. Sie sahen jetzt weißlich aus.

Einer redete ihn an: »Ist dir das Licht zuviel geworden, Mann?«

Chicão hob den Blick zu einem großen, kräftigen Schwarzen, der sich offenbar mit ihm unterhalten wollte.

»Unwahrscheinliches Licht, ja!«

»Es ist wirklich verdammt grell. Viele von uns werden hier blind oder verderben sich die Augen. Ich hab schon manchen erlebt, der konnte gut sehen, als er herkam, und als er wegging, mußte er an der Hand geführt werden. Kennst du nicht den blinden Benedito?«

»Den, der auf der Straße bettelt?«

»Ja, den mein ich. Der konnte mal sehen wie du und ich. Aber das da hat ihm die Augen weggefressen.« Er wies auf die weißen Salzpyramiden.

»Ich kann mich einfach nicht damit abfinden, was einem hier mit den Füßen passiert«, sagte Chicão.

»Zuerst kommt's einem ein bißchen komisch vor. Aber später dann … man muß doch leben … Was macht's schon aus, wenn die Füße nicht ganz so bleiben, wie sie vorher waren?«

»Aber es müßte doch Schuhe geben, die schützen …«

»Nützt nichts. Das Salz zerfrißt sie in weniger als einer Woche. Ich hab mir mal ein Paar Lederstiefel aus dem Sertão geholt. Aber von der Scheißbrühe hier waren sie im Nu erledigt … Und heut, wenn ich Stiefel anziehen wollte, meine Füße würden bestimmt nicht mehr reinpassen.«

Chicão starrte auf die Füße des Schwarzen. Ihre tiefen Risse ließen ihn an den Grund des Stausees auf der Fazenda Boqueirão denken, wenn die Dürre ihn bersten ließ.

»Im Anfang hat's verdammt weh getan … Jetzt nicht mehr.«

»Ich will aber nicht, daß meine Füße so werden.«

»Klar. Aber so geht's einem hier nun mal … Willst du was Schönes sehen? Ich red soviel mit dir, ich weiß ja, du bist ein Neuling hier.«

Chicão stand auf und begleitete den Schwarzen, obwohl er nicht wußte, was der ihm zeigen wollte.

»Solange das Essen noch nicht da ist, können wir ebensogut auf diesen Hügel steigen.«

Sie kletterten nach oben und hatten nun die ganze weiße Wüste der Salinen unter sich, die in der blendenden Sonne glitzerte. Träge drehten die Mühlen, die das Wasser in die Verdunstungspfannen pumpten, ihre Schaufeln im Wind.

Vom höchsten Punkt der Erhebung aus glichen die Salinen den Zelten eines Heerlagers, wie Chicão es einmal in Natal gesehen hatte, weißen Zelten. Der Schwarze schien zu verstehen, was Chicão dachte.

»Das ist doch wie ein großer Friedhof, nicht?«

»Ja.«

»Nun guck mal dort drüben!« Er zeigte mit dem Finger zum Horizont. »Erkennst du die Saline da und die Häuser mit den roten Dächern und den paar Kokospalmen?«

Chicão folgte dem Finger mit dem Blick. »Ja. Aber das steht doch alles auf dem Kopf!«

»Steht und steht nicht. Das Wasser, in dem sich das alles

spiegelt, ist kein Wasser. Und die Häuser da sind keine Häuser. Das Ganze ist 'ne Luftspiegelung.«

»Wieso Luftspiegelung? Was ist denn das?«

»Eben das, was du dort siehst. Etwas, was es gar nicht gibt. Das tut die Luft, die so vor den Augen zittert. Die macht das Haus und die Palmen. Hübsch, nicht?«

»Luftspiegelung! Ist wirklich schön. Aber dort gibt's bestimmt kein Wasser.«

»Nein. Es ist ein Stück Land, auf dem sie grad Verdunstungspfannen anlegen wollen. Ich bin mal hingegangen, um zu sehen, ob da nicht Wasser ist. Aber keine Spur. Und auch kein Haus und keine Kokospalmen. Hab sogar das Ufer des Rio Açu abgesucht.«

»Ja, man kriegt richtig Lust, da hinzugehen.«

»Jeden Tag nach elf kann man das sehen.«

»Sieht's immer gleich aus?«

»Nein. Manchmal ist's ganz anders. Manchmal sieht man sogar ein Schiff.«

»Weiß denn niemand, woher das kommt?«

»Doch, wahrscheinlich. So 'n Studierter versteht's bestimmt. Aber ich hab keine Ahnung.«

»Ist wirklich schön! Das werd ich mir jeden Tag ansehen.«

»Das hab ich am Anfang auch gewollt. Nachher gewöhnst du dich dran und achtest nicht mehr so drauf. Du bist dann so kaputt, so gereizt, da vergeht dir die Lust, noch bis hier rauf zu klettern.«

Er schwieg einen Augenblick.

»Du kennst das noch nicht, Junge. Während der Ernte wird die Sonne heißer von Tag zu Tag. Die reinste Hölle ist das ... Aber jetzt laß uns zurückgehen. Das Essen muß schon da sein.«

Sie setzten sich im Schuppen nieder. Das Essen kam aus einer Art Gemeinschaftsküche, und der Preis dafür wurde ihnen vom Lohn abgezogen, wie alle Ausgaben, die sie auf dem Salinengelände machten.

Die Männer hockten sich nebeneinander und reichten ihre Gefäße hin, um die Speisen aufgefüllt zu bekommen, ein dampfendes Gemisch aus Reis, Bohnen, gebratenem Fisch und Mehlbrei.

Alle möglichen Näpfe, von der Blechschüssel bis zur Kürbisschale, wurden gefüllt, und die Männer setzten sie auf ihre knorrigen Knie, die unter den umgekrempelten Hosenbeinen hervorkamen. Die Risse in ihren Füßen hatten sich auf dem Weg zum Schuppen mit Sand und Lehm gefüllt. Während sie aßen, redeten sie über alltägliche und belanglose Dinge.

Chicão hatte eben seine Mahlzeit beendet, als jemand unbeholfen vor ihm vorbeihumpelte. Wieder sollte er etwas Neues erfahren.

»Was ist denn mit dir los, Balbino? Hast du Maxixe?«

»Ja. An zwei Zehen.«

»Warum gehst du nicht in die Apotheke und kaufst dir Schnuller?«

Es dauerte nicht lange, bis Chicão wußte, was es damit auf sich hatte. Maxixe! Salzaussatz! Das Salz fraß sich zwischen den Zehen ein und bildete die bekannten Risse. Dabei trat gelegentlich doch eine Infektion auf, die zunächst nur eine Zehe betraf. Wenn die aber nicht isoliert wurde, griff sie auf die anderen Zehen über und zerstörte sie. Eine Flüssigkeit sonderte sich ab, und Eiter bildete sich in der Wunde, die furchtbar brannte und stank wie die Pest. Chicão grübelte über all das nach, was dieses weiße, harmlose Salz den Männern antat. Maxixe. Der Mensch, der Herr der Schöpfung, hier mußte er bei lebendigem Leib verfaulen, zersetzte sich wie das Trockenfleisch, wenn es mit unreinem Salz behandelt war. Menschliches Dörrfleisch. Fäulnis. Salzlepra. Maxixe. Nichts anderes geschah hier, als daß man die Menschen mit Leib und Seele dörrte, sie kaufte, verkaufte und erbarmungslos kaputtmachte in den Anlagen der Saline.

Chicão schloß die Augen, und er sah Tausende von Menschen, die bis zum Hals im Giftsalz steckten. Plötzlich kamen sie hoch, diese menschlichen Leiber, und hängten sich selbst an eine Leine, um ihr zerstückeltes Fleisch an der Luft trocknen zu lassen. Hände, Arme, Brust, Beine, Rücken, alles war zerteilt und Sonne und Wind ausgesetzt. Menschliches Dörrfleisch! Und niemand, der sich empörte! Sie hatten sich damit abgefunden. Später würde der Aufseher kommen, die Ware prüfen und die Nase rümpfen: »Taugt nichts! Verdorben! Werft es den Aasgeiern hin!« Und dann würde dieses ganze menschliche Dörrfleisch zu einem riesigen Haufen geworfen werden, bis die Aasgeier sich darüber hermachten.

Aufgerissene Füße, Maxixe, Aussatz – man hatte sich daran gewöhnt!

Am Abend würde Balbino zur Apotheke hinken, sich die Stelle behandeln lassen, einen Babyschnuller über die kranke Zehe stülpen und am folgenden Tag wieder zur Arbeit erscheinen. Der Schnuller war das einzig wirksame Mittel, das sie kannten. Mit der Salbe zusammen, die der Apotheker draufschmierte, deckte er das Geschwür ab und verhinderte, daß giftiges Wasser in die schwärende Wunde drang.

Die Männer ruhten aus. Sie hatten sich auf dem Boden hingestreckt oder lehnten gegen die Stützpfosten des Schuppens. Manche flüsterten miteinander. Einige spielten Karten, andere drehten sich aus Tabak und Maisblättern Zigaretten. Irgendwie erholten sie sich, bis sie um zwei Uhr, wenn die Sonne schon etwas weniger Kraft hatte, ihre Arbeit wiederaufnehmen mußten. Noch aber sengte die Mittagssonne vom Himmel herab. Zu dieser Zeit konnte niemand den Blick auf die Salinen richten. Farben und Formen, alles wurde von der Helligkeit verschlungen.

Nach und nach fielen Chicão die Augen zu. Er wachte erst auf, als die Kameraden ihn zur Arbeit riefen. Ohne sich klar darüber zu sein, daß er geschlafen hatte, schreckte er hoch und wußte im Moment nicht, wo er war. Als er sich aber wieder gefangen hatte, lächelte er, griff nach seinem Werkzeug und folgte den Männern, die vor ihm gingen.

Da entdeckte er plötzlich mitten unter ihnen eine Frau, die einen Trinkwasserkrug auf dem Kopf trug ...

4
Die Irre vom Roçadohafen

Alle Welt wußte, daß sie verrückt war. Völlig irre. Es stand aber auch fest, daß sie sich glücklich fühlte in ihrem Unglück; denn immer sah man sie heiter lächeln und singen. Mulattin war sie, hatte hübsche Züge und weiße Zähne. Hin und wieder blitzte auf dem Grund ihrer glanzlosen Augen halbverloren ein Funke Leben und Klarheit auf. Wäre sie nicht verrückt gewesen, so hätte sie mit ihren wohlgerundeten Formen, den spitzen Brüsten und breiten Hüften jeden Mann angezogen. So sah Lídia aus. Lídia, die Irre. Und niemand rührte sie an. Zwar waren die Männer nicht unempfänglich für die Reize, die sich unter ihren Lumpen verbargen, aber sie ließen sie in Ruhe, genauso wie man eine Blinde oder einen Krüppel in Ruhe läßt. Außerdem stecken die Männer des Sertão bis obenhin voll Aberglauben, und man sagt ja: »Eine Irre betören heißt Unheil beschwören.«

Lídia wohnte in einer Hütte ziemlich weit vom Roçadohafen. Die Hütte lag ganz für sich am äußersten Zipfel des Fischerstrands. Lídia selbst hatte sie errichtet, und auch die starken Seewinde und die heftigen Winterregen konnten ihr nichts anhaben. Lídia lebte dort mit einer Meute herrenloser Straßenköter und streunender Katzen, schlief mit ihnen im selben Raum und teilte sich mit ihnen die Essensreste, die man ihr schenkte. Bei allem aber, was sie tat, ließ sie ihr gellendes Lachen hören. Wer an ihrer Hütte vorbeikam, sah sie gewöhnlich auf einer Matte hocken, vor sich hin lachen und irgend etwas tun. Ihre Hände waren immer beschäftigt. Jeden Morgen wanderte Lídia zur Bäckerei von Macau und stellte sich wartend an den Eingang. Die Gassenjungen verfolgten und hänselten sie, aber das machte ihr nichts aus, sie lachte nur darüber. Keiner konnte ihr nahe kommen, keiner mehr tun, als ihr von fern ein Schimpfwort zuzurufen. Immer war sie von ihren verwahrlosten Hunden umgeben, und wenn ein Junge sich zuviel herausnahm, knurrten die Hunde und fletschten die großen, scharfen Zähne.

Lídia stand da und wartete, bis jemand sich entschloß, ihr ein Brot zu schenken. Sobald sie das in Händen hatte, machte sie sich in unbeholfenem Laufschritt auf den Heimweg zum Roçadohafen, die Hunde hinterdrein. Sowie sie in ihrer Hütte ankam, löste sie die Krume aus dem Brot und teilte die Rinde mit den Tieren. Dann kauerte sie sich auf die Matte nieder, die ihr nachts als Lager diente, und begann mit ihrer Arbeit. Wer im Vorübergehen sah, wie vertieft sie war, der spürte, wie wichtig ihr sein mußte, was sie tat, auch wenn er nicht wußte, was es war. Für Lídia, die Irre, war es offenbar von größter Bedeutung.

Ihre schmutzigen Hände kneteten die Brotkrume, drückten an ihr herum, bis sie zu einer gleichmäßigen Masse wurde. Aus dieser Masse formte sie dann Figuren, schmuddelige Brotpuppen, die sich samt und sonders durch die gleiche grausige Unvollständigkeit auszeichneten: Lídias Puppen hatten keine Köpfe. Niemand wußte zu erklären, warum sie diese kopflosen Gebilde knetete. Vielleicht tat sie es nur rein instinkiv. – Oder sie hatte etwas von ihrer inneren Leere begriffen, und die kopflosen Puppen stellten eine Art Klage dar, eine Möglichkeit, sich das Herz zu erleichtern; ein Gleichnis gewissermaßen ihrer selbst.

Später, wenn sie hungrig wurde, stand sie auf und lief hinaus auf die Straße. Sie brauchte den Mund gar nicht aufzutun, die Fischersfrauen hatten ohnehin Mitleid mit ihr und schoben ihr Fischstücke mit Maismehl zu, gebratene fliegende Fische und Speisereste. Ungebraten oder ungekocht konnte man ihr nichts geben, denn sie hatte längst vergessen, wie man etwas zubereitet. Man hatte schon beobachtet, wie sie rohes Essen hinunterschlang, das ihr jemand im Glauben geschenkt hatte, sie selbst werde es kochen.

Gegen drei Uhr nahm sie ihren Wasserkrug und wanderte durch die Sonnenglut zu den Salinen. Niemand wußte, weshalb sie das tat. Lídia war wirklich eine seltsame Irre. Mit langsamen Schritten, den vollen Krug auf dem Kopf, betrat sie den Salinenbezirk und ging von einem Ende bis zum anderen. Bei jedem der in Schweiß gebadeten Männer blieb sie stehen, lachte ihn an und fragte sanft: »Wasser?... Mehr Wasser?«

Wenn einer etwas wollte, nahm sie vorsichtig den Krug vom Kopf und füllte den Becher des Mannes. Sie bekam nichts dafür. Hätte ihr jemand eine Münze geben wollen, sie hätte nicht einmal gewußt, was das bedeutete. Unbekümmert lachend, setzte sie ihren Weg fort. Die durstgequälten Arbeiter ließen sie unangetastet; Lídia war für sie fast so etwas wie eine Heilige.

Um drei Uhr nachmittags brannte die Sonne wie Feuer. Die trockenen Kehlen lechzten dann nach etwas Trinkbarem. Und gerade da erschien Lídia mit ihrem Krug, ging von den Verdunstungspfannen bis zu den Salzpyramiden und teilte Wasser aus, gesegnetes Wasser, den Quell allen Lebens.

Chicão war mit seinen Gedanken ganz bei der Arbeit und der Grausamkeit des Lebens hier in den Salinen. Schweiß tropfte ihm von der Stirn und lief über den ganzen Körper. Fest lag das Brecheisen in seinen Händen. Da hörte er eine Frauenstimme und blickte auf. Neben den Salzbrocken, die er losgehackt hatte, sah er den Schatten einer Frau, die etwas auf dem Kopf trug. Er erkannte Lídia mit ihrem Krug und dem Lächeln auf den Lippen.

»Wasser... Mehr Wasser?«

Er wollte ein Ja herausbringen, aber aus seiner ausgedörrten Kehle kam kein Laut. So nickte er nur. Vorsichtig, ja andächtig fast, nahm Lídia den Krug herunter und streckte die Hand nach seinem Becher aus.

Er hatte keinen. Mühsam flüsterte er: »Bin neu hier. Hab noch keinen Becher.«

Sie verstand ihn offenbar, denn sie trat näher, kippte leicht den Krug und setzte ihn dem Burschen an die Lippen. Als er getrunken hatte, trocknete er sich den Mund mit dem salzigen Handrücken und sagte: »Danke, Mädchen. Vergelt's Gott.«

Sie lachte, hob den Krug auf den Kopf und ging weiter. Ihr Weg war lang und dauerte bis zum Sonnenuntergang. Immer wieder hörte man ihre Stimme den Salinenarbeitern zurufen: »Wasser?... Mehr Wasser?«

Ein Mann klopfte Chicão auf die Schulter und erklärte ihm: »Die ist verrückt. Total übergeschnappt. Und ganz wild auf Brot.«

»Ich dachte, sie ist hier angestellt.«

»Nein, nein, das ist sie nicht. Sie hat den Verstand verloren. Aber niemand rührt sie an. Das geht so, seit ihr Mann tot ist, der war Matrose auf einem Segelfrachter und ist mit dem Schiff untergegangen. Anfangs hat sie immer erzählt, ihr Mann sei durstig, sehr, sehr durstig, und sie würde noch durchdrehen und wahnsinnig werden. Dann wurde sie wirklich verrückt. Sie knetet Puppen aus Brot, aber sie macht sie ohne Kopf... Und außerdem bringt sie uns Salinenarbeitern Wasser.«

»Vielleicht meint sie, ihr Mann hat Durst, und wenn sie aller Welt zu trinken gibt, trifft sie ihn eines Tages...«

»Kann sein. Aber trotzdem, sie ist eine gute Haut. Sie bringt uns allen hier Wasser. Und das nun schon seit vielen Jahren, Tag für Tag.«

Chicão rammte das Brecheisen wieder in die Salzschicht und fuhr fort, das harte Material zu zertrümmern. Viele Gedanken gingen ihm durch den Kopf. Diese zerlumpte Irre, die all den Männern in dieser Hölle Wasser brachte, hatte auch ihm den Krug an die Lippen gesetzt, um seinen Durst zu löschen. Rivaldo fiel ihm ein, der in der Hütte gestorben war, und die leere Kürbisschale, die umgekippt an seiner Seite gelegen hatte. Der leere Stausee und der Sertão, dessen Erde immer noch weiterbarst vor Durst. Eines Tages aber würde der Regen, der nicht wiederkehrte, der wahnsinnig geworden sein mußte, kopflos, verrückt, doch wieder Sehnsucht nach der Erde haben, der ehemals geliebten, und auf Wolken reitend zurückkommen mit einem großen Krug auf dem Kopf. Dann würde sich wieder Wasser ergießen in den rissigen, ausgedörrten Schlund des Sertão, und die leren Stauseen, die dieser ihm entgegenstreckte wie irdene Becher, würden sich wieder füllen.

Die Tage verstrichen, und auch Chicãos Füße sprangen auf und bekamen Risse. Das Salz drang in die Risse ein, zersetzte das Hautgewebe und fraß sich langsam ins Fleisch. Die Sohle barst wie die Erde des Sertão während der Dürre.

Chicão unterdrückte ein Stöhnen. Die Schmerzen machten ihn fast rasend, aber er wollte nicht jammern. Die anderen Männer ließen sich ja auch nicht unterkriegen. Das Salzwasser brannte wie Feuer, fraß sich gleich Flammen in alle Vertiefungen, die das Gift geätzt hatte.

Oft mußte er an die Fazenda Boqueirão zurückdenken, an die Zeit, in der das Vieh die Brandmarken erhielt. Sie hatten Feuer angezündet und das Eisen mit dem Zeichen hineingelegt, bis es glühte. Das Rind wurde im Pferch gefesselt. Sobald das Eisen rot glühte, setzten sie es dem Tier ganz oben auf den rechten Schenkel. Unter rasendem Schmerz bäumte das Rind sich auf, weißer Geifer schäumte ihm aus dem Maul und tropfte auf den Boden, die Augen schienen aus den Höhlen springen zu wollen. Vorsichtig banden sie es los und öffneten das Gatter, dann jagte das geängstigte Rind davon. Das Brandmal, das man mit frischem Viehdung bestrich, damit es sich nicht entzündete, mußte ihm Höllenqualen bereiten. Wie oft hatte Chicão solch ein frisch markiertes Rind gesehen, wie es blind vor Verzweiflung und Qual auf einen Baumstamm losstürzte und mit dem Kopf die Rinde vom Holz stieß, als könnte das den brennenden Schmerz des Feuers lindern.

Jetzt kam er sich selbst vor wie eines dieser gebrandmarkten Rinder. Nach außen hin bewahrte er Fassung, aber seine Füße brannten wie Feuer, und innerlich schlug er um sich vor Haß. Was waren sie hier denn anderes als menschliches Vieh?

Als die ersten Tage überstanden waren, ließ der Schmerz ein wenig nach, und die Wundränder verhärteten sich. Es brannte nicht mehr ganz so stark, wenn er mit den Füßen in der Salzlake stand.

Viele der Männer trugen über einzelnen Zehen die unvermeidlichen Schnuller. Sie hatten Maxixe bekommen, den weißen Aussatz, den die giftigen Salze hervorrufen können. Ließ sich die Entzündung in Schach halten, so war es möglich, daß die Zehen nach der Ernte wieder gesundeten. Fraß die Maxixe sich aber weiter, bestand keine Hoffnung mehr, das erkrankte Glied zu retten. Es fiel einfach ab.

Und die Sonne am Himmel wurde immer mächtiger. Gnadenlos leuchtete sie bis in die letzten Winkel dieses menschlichen Elends.

Chicão packte das nackte Entsetzen. Die Mänder fingen an zu saufen. Raufereien. Blut. Gelegentlich bekam man einen Bauch zu sehen, aus dem die Eingeweide heraushingen. Das machte die Sonne. Das machte das Salz. Verbrechen, aus Verzweiflung geboren, aus der Trostlosigkeit eines Daseins, das allen guten Willen in diesen Menschen untergrub, sie um den Verstand brachte. Ja, um den Verstand.

Da war der Fall des Antonio Macaíba. An einem Vormittag, als die Sonne mit aller Kraft schien, wurde ihm schlecht. Die anderen Männer kamen ihm zu Hilfe, weil sie dachten, ihm sei schwindelig. Wie oft kam es vor, daß die blendende Helligkeit der Salinen den Gleichgewichtssinn störte, daß Hunger und grelles Licht einen schwindlig machten!

Dieser Antonio Macaíba aber fing plötzlich zu lachen an, wobei ihm helle Tränen über das von Runzeln zerfurchte Gesicht strömten. Erschrocken wichen die Männer zurück und sahen, wie er unversehens verstummte, die Augen unheimlich aufriß, die Lippen zu einem wilden Grinsen verzog und wie gehetzt von einem zum andern blickte. Ehe sich's einer versah, riß er den Strick ab, der ihm die Hose hielt, so daß sie auf den Salzhaufen fiel und er völlig nackt dastand. Und bevor jemand begriffen hatte, was los war, raste er wie von Sinnen zwischen den Wasserbehältern und über die Salzberge davon, während die Arbeitskameraden ihm wie versteinert nachblickten. Er war schon weit, als sie sich aus ihrer Erstarrung lösten, ihre Werkzeuge hinwarfen und hinter ihm her rannten. Sie hatten begriffen, daß er übergeschnappt war, völlig von Sinnen und imstande, irgendeine Tollheit zu begehen.

Antonio Macaíba war nicht mehr einzuholen. Er kam bis zum Rio Açu und sprang hinein. Er ertrank, verschwand für immer. Drei Tage lang suchten die Männer nach ihm, aber er tauchte nicht wieder auf. In den windstillen Nächten klebten sie eine brennende Kerze in eine halbe Kürbisschale und setzten diese dort aufs Wasser, wo Antonio Macaíba sich hineingestürzt hatte. Dann begleiteten sie den Weg, den die von der Strömung getriebene Kerze zurücklegte. Wo immer sie hielt, durchwühlten sie den Grund mit mächtigen Stangen aus Eisenholz nach der Leiche. Aber es war alles umsonst, und schließlich gaben sie es auf. Sie wollten nicht länger auf ihren Schlaf verzichten und sich von einer Kerze zum Narren halten lassen wegen einer Leiche, die vermutlich längst davongetrieben war. Die sich irgendwo in der Sumpfniederung verfangen hatte oder von der Flut zwischen die Mangrovenwurzeln gespült worden war. Antonio Macaíba würde man nicht wiedersehen.

Aber zwei Tage später kam er plötzlich, auf den Wellen treibend, doch noch zum Vorschein. Männer wie Frauen bekreuzigten sich. Viele Frauen hielten sich die Hand vor die Augen und führten die Kinder weg.

Was da mit einer Stange an Land gezogen wurde, war einmal Antonio Macaíba gewesen, faulig und übelriechend, mit trommelartig aufgetriebenem, dunkel verfärbtem Bauch. Die Augenhöhlen waren leer. Krebse und Fische hatten Finger, Nase und Glied abgefressen. Der Körper war verstümmelt.

Der Gestank wurde noch schlimmer, als er auf dem Strand lag. Die Krebse, die sich am verwesenden Fleisch festgeklammert hatten, ließen jetzt los und krochen in den Schlamm des Morasts zurück. Das Festmahl war für sie zu Ende.

Mitleidige Seelen brachten eine Hängematte und legten den Verwesenden hinein. Sie streckten eine lange Stange durch die Schlaufen und trugen ihre Last zum Friedhof. Manchmal legten sie zwischendurch eine Ruhepause ein, denn der aufgedunsene Körper wog schwer. Sie legten den Leichnam auf die Erde, schnitten sich im Gebüsch Gerten und schlugen damit auf ihn ein; denn die Leute aus dem Sertão glaubten, daß ein Toter so schwer ist wegen der Sünden, die ihm anhaften und die sie ihm durch die Prügel austreiben können.

Und dann erblindete der Sohn des Küstenschiffers Vicente. Man hatte ihm gesagt, er sei noch zu jung, um in den Salinen zu arbeiten, aber er hatte es nicht glauben wollen. Eines Tages ließ er die Spitzhacke fallen, hockte sich hin und schlug die Hände vors Gesicht. Der Tag, der eben noch weiß gewesen war vor lauter Licht, hatte sich ihm plötzlich verdunkelt.

Sie führten ihn nach Hause, legten ihm Kompressen mit lauwarmem Wasser auf die Augen und wuschen sie mit Borwasser aus. Es war alles vergeblich. Auch das Gelübde nützte nichts, das er am Santa-Luzia-Tag ablegte. Nichts. Für alle Zeit war ihm der Tag zur Nacht geworden, hatte das Licht sich ins Dunkel verwandelt.

Später redeten sich die Aufseher heraus; sie behaupteten, das habe mit dem Salz nicht das geringste zu tun; seine Augen seien ja schon immer schlecht gewesen; irgendwann wäre er so oder so blind geworden. Von nun an war Schiffer Vicentes Sohn ein Unglücklicher mehr, der am Santa-Luzia-Tag und bei der Prozession für Unsere Liebe Frau der Seefahrer um Almosen bettelte.

Und immer noch steigerte die Sonne ihre Glut. Die Tage rückten vor. Chicãos Füße sprangen auf. Die Dürre verschlang das Land. Trauer zehrte an den Herzen der Leute aus dem Sertão.

Chicão lernte alle Arten von Arbeit kennen, die in den Salinen vorkam. Seine Schultern mußten erfahren, was es hieß, das Salz von den Trockenplätzen in die Lagerhallen zu schleppen. Er kannte das Gewicht der Körbe aus Lianengeflecht, das sie über dicke Stangen gehängt trugen. Schwieler nannten sie diese Stangen, weil dort, wo sie auf die Schultern drückten, große Schwielen entstanden. Alle Salinenarbeiter hatten diese riesigen verkrusteten Schwielen an den Schultern, eine Verunstaltung, die man selbst unter dem Hemd erkannte.

Erst hatte das Salz Chicãos Füße entstellt und sie auf ekelerregende Weise zerfurcht. Jetzt bildeten sich auch noch diese Schwielen auf seinen Schultern. Dabei war diese Art der Lastenbeförderung nicht nur unmenschlich, sondern auch unwirtschaftlich. Sie kostete viel Zeit und verzögerte die Salzgewinnung.

Tagaus, tagein bildeten die Männer Zwölfergruppen, die von früh bis spät unter der Feuersonne an den Stangen die schweren Körbe schleppten, die etwa achtzig Liter faßten. Gebeugte, schwitzende, stinkende Gestalten. In langen Reihen beförderten sie die Körbe über das Salz weg bis hin zum Flußufer und dann auf schmalen Laufplanken auf die Küstenfrachter, wo sie in die Laderäume entleert wurden. Überall standen Aufseher, die alle überwachten, wie in den Salinen selbst auch, wo im Hintergrund verborgen Kontrolleure, Verwalter, Vorarbeiter den Fortgang der Arbeit genau verfolgten.

Das Salz lag fertig aufbereitet da. Es galt, noch zwei weitere Ernten einzubringen. Darum mußte zügig gearbeitet werden. Die Winterregen konnten sehr bald einsetzen.

Seit zwei Jahren herrschte Dürre im Land, aber nun hatte der Santa-Luzia-Tag angekündigt, im Januar, Februar und März werde es regnen – ein Aberglaube, der sich unfehlbar bestätigte. Dieselbe Schinderei mußte also noch zweimal ausgestanden werden, ob die Männer dabei draufgingen oder nicht. Große Vorräte lagen in den Kristallisatoren, von denen einige noch gar nicht in Angriff genommen waren. Eine gute Ernte.

Auch die Arbeit der Salzbleiche mußte getan werden, auf der das Salz zum Zweck der Läuterung ein Jahr lang allen Unbilden der Witterung ausgesetzt gewesen war. Erst schlugen die Spitzhacken es auseinander, dann besorgten Spaten und Schaufeln den Rest. Wenn genügend Salz von den Pyramiden abgetragen war, nahm man den Transport mit Hilfe von Körben und Stangen wieder auf. Nur führte der Weg jetzt zu Schienen, auf denen Loren mit fünfhundert Liter Fassungsvermögen das gebleichte Salz zum Lager rollten. Von dort wurde es lose oder in Säcken in die Laderäume der Schiffe verfrachtet. Ein großer Teil kam auch in die altmodischen, primitiven Mühlen, in denen man es auf rückständige Weise mahlte und für den Hausgebrauch zubereitete.

Die Sonne brannte stechend. Ein Tag verging wie der andere im aufreibenden Einerlei schwerster Arbeit: Um fünf Uhr früh ging es ans Bearbeiten des frisch gewonnenen und bereits geläuterten Salzes. Dann wurden die Körbe vollgeschaufelt und fortgeschafft, hochbeladene Karren auf Schienen gehoben, die unter dem Einfluß der Meeresluft Rost angesetzt hatten; achtzig Kilo auf dem Rücken über schmale Planken geschleppt; Salz zu den Mühlen gebracht; Säcke gefüllt, wobei sogar Frauen halfen; die Sechzigkilosäcke mit groben Nadeln und Baumwollschnur zugenäht, auf Leichtern zu den Frachtschiffen gebracht und dort, ein Dutzend aufs Mal, von Kränen gepackt, hochgehievt und in die Schiffsbäuche versenkt, um in alle Welt zu reisen.

Irgendwo in der Fremde wurde das Salz in kleinere Mengen aufgeteilt, zu höheren Preisen verkauft und schließlich verbraucht. Was bedeutete es schon in den Augen der Menschen, woher dieses Salz kam? Es sah so anspruchslos aus, stellte nicht mehr als eine kleine Zutat dar, mit der man die Speisen würzte.

Und immer noch wuchs die Kraft der Sonne und durchglühte die Tage. Die nackten Oberkörper schwitzten und färbten sich dunkler, die Füße rissen weiter auf, die Augen brannten, und auf den Schultern wuchsen die Schwielen. Weißer Staub stob vom Salz hoch, wenn es in die Laderäume fiel. Zwölfsackweise hievten die Kräne ihre Last an Bord, um die Lager der Welt zu beliefern.

Zu allem Unglück ließ dieses Salz, wenn es verarbeitet und in Säcke gefüllt wurde, auch noch die Hände aufspringen. Salz, ein Stoff, der sich im selben Augenblick auflöst, da er mit Wasser in Berührung kommt. Mit dem gleichen Wasser, das dem Sertão so bitter nottat, dessen Fehlen die Erde verdorren ließ, Menschen in Verzweiflung stürzte und die Bewohner des Sertão zu Verbrechen trieb, zu Raub und Neid und Haß. Wasser, die wichtigste Voraussetzung für das Leben der Menschheit. Wasser... Wasser... Wasser...

»Wasser? ... Mehr Wasser?« Lídia, die Irre, wanderte Tag für Tag durch die Salinen und stillte den Durst ausgedörrter Kehlen; denn sie dachte an einen Mann, der verdurstet war und den sie finden mußte und wohl nur fand, wenn sie ihn in der blauen Tiefe des Meeres suchte. Sie trug den Krug auf dem Kopf und hatte wohlgeformte Brüste und einen verlockenden Körper, der dennoch kein Begehren in den Männern weckte, weil es der Körper einer Irren war.

»Wasser? ... Mehr Wasser?«

Immer würde sie wiederkommen, Tag für Tag, wie die Sonne. So gewiß, wie die Füße der Männer aufsprangen und ihre Augen brannten und ihre Haut sich immer dunkler färbte. Versengte Haut mit tiefen Furchen darin, in deren Mitte wiederum kleine und kleinste Runzeln entstanden, ganze Generationen von Runzeln. Und Tränenwasser würde durch diese Furchen rinnen am Tag der Verzweiflung ...

Nein! Sie würden nur weinen, wenn sie zugleich auch zu lachen verstünden. Aber dann wären sie eben verrückt wie Lídia und wie Antonio Macaíba, der sich im versumpften Rio Açu ertränkte und den nicht einmal Kerzen zu finden vermocht hatten.

Chicão richtete sich auf und streckte den Rücken. Die Sonne war untergegangen. Er betrachtete die Segel der Schiffe, die sich aufmachten, in eine ferne Welt zu reisen. Draußen auf einem sauberen, einem grünen Meer. Er kratzte sich an der Schulter, wo die Schwiele immer größer wurde. Wieder blickte er zu den weißen Segeln hinüber; nur ein schwaches Lächeln der Hoffnung umspielte seinen Mund.

5
Das Meer

Diese weißen Segel waren es, die Chicão einen neuen Weg wiesen. Das zaghafte Lächeln einer Hoffnung, die in ihm aufgekeimt war, als sein Blick auf den Masten der Schiffe geruht hatte, wurde zuversichtlicher.

Das Grün des Meeres lockte, das geheimnisvolle Auf und Nieder der Wellen zog ihn an. All das weckte das Verlangen nach einem anderen Leben in ihm. Und das wollte er ja: leben!

Er faßte den Entschluß, niemals wieder zu den Salinen zurückzukehren. Mochten andere sich auf immer ihre Füße zerfressen lassen, ohne sich zu wehren – er machte nicht mehr mit. Füße dienten einem bestimmten Zweck und hatten einen Anspruch darauf, ihre Aufgabe gesund zu erfüllen. Auch wollte er nicht von dem gleißenden, grellen Weiß der Sonne und des Salzes blind werden, er wollte bis zum letzten Augenblick seines Lebens sehen, was um ihn herum geschah. Fortan würde er sich weigern, ein Leben zu führen, bei dem er barst, blind wurde, lebendigen Leibes verweste, sich in menschliches Dörrfleisch verwandelte. Dafür hätte er nicht den ganzen Sertão zu durchqueren brauchen. Sein Ziel war eine lebenswerte Existenz gewesen. Um zu vertrocknen, sich aufzugeben, zu verkommen, hätte er weiter in São Tomé bleiben und den Staub der verdorrten Erde schlucken können.

Für ihn war es zu Ende, das erbärmliche Dasein in den Salinen. Mochte morgen früh die lange Reihe der Opfer den Weg zu ihrem weißen Grab einschlagen, er würde nicht mehr dabeisein.

Was sollte er anfangen? In den Sertão zurückkehren? Niemals!

Nein, für ihn gab es keine Rückkehr in den Sertão, aber auch zu den Salinen nicht. Was sollte er tun? Wieder bei Dom Miguel im Laden helfen? Er fühlte sich zu jung und zu stark für eine solche Arbeit. Er mußte seine Kräfte einsetzen, seine Muskeln gebrauchen. Das konnte er bei Dom Miguel nicht. Chicão war dem Spanier von Herzen dankbar, bei ihm hatte er sich erholen dürfen, und viel war während dieser Zeit geschehen. Die Worte Dom Miguels über die Salinen fielen ihm wieder ein. Er hatte von dem ausweglosen, dem verschwendeten Leben gesprochen, das dort zugrunde ging, ohne seinen Sinn zu erfüllen.

Auch Joaninha hatte er hier kennengelernt. Er hatte um sie geworben mit seiner ganzen Leidenschaft, und wenn sie auch alle anderen hatte abblitzen lassen, ihm hatte sie sich hingegeben, denn durch ihn hatte sie erfahren, daß es auch Männer gab, denen man vertrauen konnte.

Er erinnerte sich der Erzählungen des Alten aus Bahia, all der grausigen Abenteuergeschichten vom Meer, in denen Anhamburucu eine so große Rolle spielte. Immer wieder mußte er auch an die verlockenden Dinge denken, von denen die Fischer zu erzählen wußten, an die vielen Märchen und Lieder vom Meer. Vom Meer, das so anders war als der Sertão und so anders als die Salinen: wohltuend grün, voller Wasser, voller Fische... Jetzt winkten ihm die weißen Segel und die Männer, die kamen und gingen, die ein so abwechslungsreiches, freies, ungebundenes Leben führten, die in jedem Hafen von unbezähmbarer Gier nach Frauen befallen wurden, deren Gang wiegend war wie die Wellen des Meeres und die ein Messer im Gürtel stecken hatten. Ja, das mußte es sein: das Meer.

Zuerst ging er zu Dom Miguel, um mit ihm über seine Pläne zu sprechen, um ihm zu sagen, daß er die Arbeit in den Salinen aufgeben wolle. Dom Miguel mußte das einfach verstehen. Jeder vernünftige Mensch sucht seine Lebensbedingungen zu verbessern.

Der Spanier verstand das nicht nur, sondern war darüber hinaus auch noch bereit, Chicão eine Empfehlung an den Besitzer eines der Küstensegler zu verschaffen.

Danach erzählte Chicão Joaninha von seinem Entschluß und seinen Plänen. Sie lächelte traurig. Wie schwer war es doch gewesen, einen Mann zu finden wie Chicão! Und jetzt wollte er hinaus aufs Meer.

Das Meer war der größte Nebenbuhler der Frauen, ob es nun der Mann war, den es ihnen abspenstig machte, oder der Geliebte. Zum Glück gehen sie nicht für alle Zeit davon, die Männer vom Meer. Sie kommen wieder, immer wieder. Joaninha würde sich nicht entmutigen lassen. Bei jeder Heimkehr sollten ihre Arme offen sein, sich um seinen starken Hals zu schlingen.

So kam es, daß Chicão zur See fuhr. Er nahm den wiegenden Gang der Matrosen an; er gewöhnte sich daran zu lächeln, wenn er redete, und mit brennender Glut zu lieben.

Zuerst arbeitete er auf einer Bark. Dann auf einem Frachter. Schließlich heuerte er auf der »Ricardo Barreto« an, die noch heute als der schönste Küstensegler des Nordostens gilt...

Wieder einmal war er zurückgekommen von langer Fahrt, rechtzeitig zu den Festlichkeiten. Wie glücklich hatte er den denkwürdigen Santa-Luzia-Tag verlebt! Wie stolz trug er das Messer mit dem Horngriff am Gürtel, das nur dem gebührt, der König der Armdrücker ist.

Bald würde er wieder fern von Joaninha, fern von Macau, weit draußen auf dem Meer sein. Die Zeit war schneller verstrichen, als er gedacht hatte. Im Sertão herrschte keine Dürre mehr. Das wußte er vom alten Malachias. Aber der war verrückt. Und der Sertão lag für Chicão in weiter, weiter Ferne, denn er fühlte sich glücklich auf dem Meer. Ja, der Sertão lag sehr weit weg, und es gab keine Dürre mehr, die ihn bedrückte. Es war die letzte Reise mit der »Ricardo Barreto«, die vor ihm lag. Danach wollte er auf Schiffer Damascenos Küstensegler anheuern. So ist nun mal das Seemannsleben: Kommen und Gehen, bald auf diesem Schiff und bald auf jenem. Auf Frachtern oder Barken, wie es gerade kommt. Immer jedoch mit den wiegenden Wellen des grünen Meeres unter den Füßen.

6
Schiffer Damasceno und sein Küstensegler

Seeleute heuern einmal auf diesem Schiff an, dann auf jenem. Jeder Pott, der auf dem Meer fährt, kann ihnen für eine Weile zum Zuhause werden. Im Augenblick arbeitete Chicão auf Schiffer Damascenos Küstenfrachter. Der sah nicht so gut aus wie die »Ricardo Barreto«, kam ihm auch nicht an Größe gleich, war aber trotzdem ein ausgezeichneter Segler. Schiffer Damasceno pflegte zu sagen, er habe zwei Kinder: die verrückte Bark »Gottesfinger« und den Küstenfrachter »Cabedelo«. Die Bark machte ihm ständig zu schaffen. Er hatte sogar schon versucht, sie loszuwerden, aber wer wollte schon so einen launischen Kahn kaufen? Mit dem Segler »Cabedelo« dagegen war es etwas anderes. An dem hatte er Spaß. Auf den war er stolz.

Auf dem neuen Schiff traf Chicão nun weder den einäugigen Roten an noch Schiffer Anton, der bei jeder Gelegenheit seine Brille als Pfand setzte, auch nicht Dorcelino mit der Uhr seines Vaters und einem Hund, der Leão hieß.

Der Segler »Cabedelo« war auf einer sehr gewagten Reise. Deshalb hatte Schiffer Damasceno Chicão angeheuert und ihm eine größere Heuer geboten. Die Männer vom Meer fahren nicht gern mit leicht brennbarer Ladung. Sie sagen, das sei, als ob man »einen Hund mit zu kurzem Stecken reize«. Auf solcher Fahrt bringt alles, was man tut, Gefahr. Keiner darf rauchen. Immer muß man auf der Hut sein. Die kleinste Nachlässigkeit kann dazu führen, daß das Schiff in die Luft fliegt.

Viele Seeleute haben Familie und setzen sich auch um einer etwas höheren Heuer willen nicht solchem Wagnis aus. Vor zwei Jahren war die Bark »Piranha« verunglückt, und niemand konnte das vergessen. Eine Zigarettenkippe, und schon war die Explosion dagewesen, das Schiff versank fünfzehn Meilen vor der Küste. Sogar den Sand am Strand von Genipabu hatte die Explosion aufgewühlt. Als die Flöße der Fischer zur Unglücksstelle kamen, fanden sie das Meer in Flammen und Holzsplitter in weitem Umkreis. Wer von der Besatzung die Explosion überlebt hatte, wurde wahrscheinlich von Haien verschlungen.

Aber bei Chicão lag die Sache anders. Er hatte keine Familie. Mit Joaninha, die ihm am nächsten stand, war er nicht verheiratet und hatte auch keine Kinder. Er nahm also Damascenos Vorschlag an.

Der Segler »Cabedelo« war ein gutes Schiff, weder alt noch neu, aber ein wendiger Renner. Es hieß, im ganzen Nordosten gebe es keinen Hafen, in dem er noch nicht vor Anker gegangen, keinen Strand, den sein Kiel nicht berührt, keine Einfahrt, in die er den Weg nicht gefunden habe. Dabei hatte er schon viel mitgemacht. Seine Segel waren viele Male dem Angriff des Sturmes, sein Rumpf dem Aufruhr der Brecher ausgesetzt gewesen.

Schiffer Damasceno war stolz auf seinen Segler. Bei jeder Reise stand er am liebsten selbst am Ruder und ließ sich nur ungern ablösen. Darin war er geradezu eigensinnig. Er schien zählen zu wollen, wie oft sein Schiff mit den Wellen auf und nieder hüpfte, sah bewundernd zu den Segeln auf, schätzte mit dem Blick die Entfernung von der Küste.

Ja, es war ein vielerprobtes Schiff. Einige behaupteten, es verstehe genau, was die Menschen von ihm wollten. Andere glaubten ernstlich, es wolle nur nach Natal reisen und sei bokkig und faul, sobald es von dort auslief. Fast schien es, als ob das zutraf. Denn bis Natal brauchte die Besatzung kaum aufzupassen. Sogar bei Gegenwind verlief die Reise glatt.

Während die »Ricardo Barreto« nordwärts aufgebrochen war, schlug der Küstensegler »Cabedelo« nach dem Verlassen der Einfahrt den Weg in den Süden ein. Schiffer Damasceno stand am Steuerruder. Es war, als unterhalte er sich singend mit seinem Schiff, dessen ächzende Laute ihm zu Worten wurden, zu einer Sprache, die nur er verstand.

»Nun, mein stolzer Segler, mein braves Schiff, wie geht unser Weg?«

»He, Schiffer Damasceno, ich kenne den Kurs genau: Erst lassen wir uns vom Landwind treiben bis über die Boje von Lamarão hinaus. Da kannst du in der Ferne schon die grünen Palmen der Haifischspitze ausmachen. Ihnen eilen wir entgegen.«

»Und dann, mein Freund?«

»Danach, du bester Steuermann des Nordens, läßt du die Wache mit dem Lot die Tiefe messen, denn es gibt eine Menge Strudel und Sandbänke, bis wir beim Leuchtturm Santo Alberto sind. Am übelsten wird es hinter Santo Cristo. Dort ragen Felszacken aus dem Meer. Wenn aber der Wind ausreicht, kommen wir noch heute bis Vila de Touros, und da gehen wir vor Anker.«

»Hast recht, mein hübscher Segler. Das ist ein sicherer Ankerplatz mit schlammigem Grund. Da gibt es auch Trinkwasser und gute Fische zum Angeln. Und weiter?«

»Nach Touros fahren wir an vielen Stränden und Landzungen vorbei, bis wir hinter der Maracujaspitze das Kap São Roque erreichen und bald darauf die Kokospalmen von Mariú sehen können, dem schönsten Strand des ganzen Nordostens. Von da an ist die Reise gefahrlos. Nur bei den Sandbänken von Mariú und Genipabu müssen wir etwas aufpassen.«

Je mehr sie sich Natal näherten, desto schneller fuhr der Frachter und redete immer hastiger in seiner Sprache, die nur Schiffer Damasceno zu deuten wußte: »Sobald wir die Landzunge von Genipabu umschifft haben, mein Herr und Meister, steuern wir Fortaleza dos Santos Reis Magos de Natal an, die

Festung der Heiligen Drei Könige von der Weihnacht. Und dann sind wir da, mein Schiffer, sind am Ziel!«

Unerschütterlich hält Schiffer Damasceno das Steuerruder. Er zählt, wie oft sein Frachter sich mit den Wellen auf und nieder wiegt. Ab und zu unterbricht er das, um nach den Segeln zu sehen, Wasserhöhe und Horizont zu überprüfen, die Entfernung von der Küste abzuschätzen und das Wetter zu beobachten. Dann ruft er sehr laut, damit seine Stimme sich nicht im Brausen des Windes verliert: »Werft das Senkblei aus, Leute!« – »Dreht das Focksegel bei!« – »Klüver anziehen!«

Er schreit, und trotzdem klingt es nicht wie ein Befehl, sondern eher wie eine Bitte. Schiffer Damasceno fährt nie jemanden an. Er bittet nur, daß sie seinen Küstensegler sorgsam behandeln, denn der ist ihm lieb wie ein Sohn. Wenn er laut brüllt, dann geschieht das nur des Windes wegen. Auf einem Schiff, das alles tut, was man von ihm verlangt, braucht man nicht zu schreien.

7
Die Katze

Drei weitere Monate zogen ins Land. Die Regenzeit setzte ein. An einem wolkenverhangenen Morgen kehrte Chicão zurück nach Macau. Die »Cabedelo« hatte alle Segel gesetzt und begrüßte die Fluten des Rio Açu. Schiffer Damasceno hatte mit den Händen das Ruder gepackt. Auf dieser Strecke trat er niemandem den Platz am Ruder ab.

Der Kiel durchschnitt die Strömung. Die »Cabedelo« kehrte heim. Sie kannte die ganzen Verästelungen, all die gefährlichen Kurven, die zahllosen Sandbänke, die Tiefe der Fahrrinne, jede Einzelheit der Einfahrt in den Rio Açu. Der Regen hatte den Fluß stark anschwellen lassen, die Flut ihn verbreitert und dunkelgrün gefärbt.

Jetzt steuerte der Segler den Hafen an. Schon lief die Kunde davon durch ganz Macau. Mit voller Fahrt hielt die »Cabedelo« auf den Roçadohafen zu. Schiffer Damasceno kam nach Hause! Überall sah man frohe Gesichter. Wenn ein Küstenfrachter anlegt, hat er immer einen Bruder an Bord, einen Vater, einen Onkel, einen Liebhaber... oder jedenfalls Nachricht von irgend jemand, der noch unterwegs ist...

Bestimmt war Joaninha schon dabei, sich zurechtzumachen, strich sich vielleicht eben über die wohlgeformten Brüste, die nicht zu groß waren und auch nicht zu klein, sondern genauso, wie sie sie haben wollte. Jemand hatte ihr einmal geraten, Vogelnester darüberzustülpen, dann würden sie genau bis zu deren Größe wachsen. Und das hatte sie getan. Sie strich über ihre Brüste, die Chicão gehörten und um die Tante Cristina sie so glühend beneidete.

Joaninha war glücklich. Diese Nacht würde Chicão sie in den Armen halten. Sie war immer so traurig, wenn er fortmußte. Kam er dann aber zurück, zählte ihre Freude doppelt.

Vergnügt schritt Chicão am Roçadohafen entlang. Eine wunderbare Nacht mit Joaninha lag hinter ihm. Die ganze Glut seiner Liebe hatte er ihr gezeigt, hatte ihr von den Häfen, in denen er gewesen war, allerlei Lustiges erzählt und ihr auch so wie die anderen Male ein schönes Geschenk mitgebracht, eines, das seinem eitlen Mädchen gefallen mußte. Diesmal waren es keine Ohrringe gewesen, sondern zwei Kämme aus Schildpatt, mit glitzernden Steinen verziert, dazu eine geknüpfte Hängematte, die er am Strand von Caiçara gekauft hatte.

Jetzt bummelte er ein bißchen durch die Stadt, um Bekannte zu treffen und seinen vielen Freunden die Hand zu schütteln. Nichts macht einem Seemann mehr Freude als das Wiedersehen mit geliebten und vertrauten Menschen und Orten.

Ein Händedruck, ein Lächeln, ein freundliches Wort, all das ist für den ein Ereignis, der sein Leben meist auf dem Meer verbringt. Wie wohl tat es, sich mit Dom Miguel zu unterhalten, ihm in das gütige Gesicht zu blicken und seinen Reden zu lauschen, die soviel fremdartige Anklänge an die Sprache seiner alten spanischen Heimat enthielten; ehrerbietig mit Hochwürden Honório zu plaudern, dessen Stimme so silbern war wie sein greises Haupt; aus vollem Hals zu lachen, wenn die gelbe Margarida ihre schlüpfrigen Geschichten zum besten gab; alte Kameraden auf anderen Küstenseglern zu besuchen; sich nach Bekannten zu erkundigen, die man lange nicht mehr gesehen hatte; von einer Kneipe zur anderen zu ziehen und sich den neuesten Klatsch über alles und jeden anzuhören; tausend Fragen zu beantworten, die einem gestellt wurden.

Chicão wußte, er brauchte sich nicht zu beeilen. Es war jetzt die Zeit der widrigen Winde, da blieben die Segelfrachter lange im Hafen liegen. Nur nach sehr gründlicher Überprüfung des Wetters wagte man sich aufs Meer hinaus. Während die Stürme wüteten, konnte man gar nicht vorsichtig genug sein.

Chicão wartete darauf, bald nach Norden zu segeln. Es ging um eine Ladung Salz, die in die Gegend von Camocim in Ceará verfrachtet werden sollte. Aber die »Cabedelo« würde frühestens in einer Woche auslaufen. Damasceno hing sehr an seinem Schiff. Er war an der Küste aufgewachsen und wußte um die Gefährlichkeit des Windes. Da setzte er nicht aus Ungeduld, Übereilung oder sonst einem Grund seinen Segler und das Leben seiner zuverlässigen Männer aufs Spiel. Das Wetter sah allzu bedenklich aus.

Auch in den Salinen ruhte die Arbeit. Das Meer spülte frisches Wasser in Becken und Verdunstungspfannen und blieb dort stehen, um sein Rohsalz abzusetzen. Es würde noch geraume Zeit vergehen, ehe der Salzfriedhof sich wieder auftat und die braunrückigen Männer einließ, die sich hier lebendigen Leibes begruben. Dann würden ihre gesprungenen, grausam entstellten Füße sich aufs neue mit Maxixe infizieren und ihr Augenlicht durch die unmäßige Helligkeit leiden, die auf den Salzpyramiden glänzte. So war es immer gewesen in Macau, und so würde es bleiben.

Das Wetter war bedrohlich. Am Himmel türmten sich Wolkenmassen. Noch schlimmer sah es auf dem Meer aus. Jeden Augenblick konnte der Sturm außerhalb der Hafeneinfahrt mit wütenden Böen ein vorwitziges Schiff zum Kentern bringen und mit Mann und Maus auf den Grund schicken.

Kein Fischerboot wagte sich hinaus. War schon hier am Ufer das Wasser derart aufgewühlt, dann mußte draußen ein Orkan toben. Es galt auszuharren, bis das Meer sich beruhigte und das Wetter besser wurde. Manchmal ließ das an die zwei Monate auf sich warten. Zuweilen gab es allerdings tollkühne Fischer, die sich nicht darum scherten. Draußen auf dem Meer konnte man nämlich oft den strahlendsten Sonnenschein erleben, und die Wolken hatten nur narren und abschrecken wollen.

Im Augenblick jedoch war das Wetter wirklich schlecht. Schwarzes Gewölk ballte sich zu düsteren Pyramiden. Küstenfrachter und Barken wagten es nicht, abzulegen. Es war besser, ein paar Tage zuzuwarten.

Die »Cabedelo« sollte noch eine Woche im Hafen bleiben. Joaninha war glücklich. Viele Nächte lang würde sie ihren Geliebten bei sich haben und sein schwarzes Haar streicheln können, während draußen in der dunklen Nacht das Meer wütend brüllte und der Wind den Wellen seine Lieder in die Ohren heulte.

Als Chicão an einem Nachmittag Dom Miguels Laden betrat, erfuhr er etwas Neues. Der Alte aus Bahia, der ihn hereinkommen sah, stieß ein rohes Lachen aus und fragte unvermittelt: »He, Chicão! Du bist doch König der Armdrücker und ein verdammt starker Mann, warum bietest du dich nicht dafür an?«

»Anbieten? Wofür?«

»Hast du denn noch nichts davon erfahren?«

»Nein.«

»Dann hör mal! Dein Schiffer Damasceno sucht ein paar Männer. Er hat eine Salzladung für Maceió. Sagt, die ›Cabedelo‹ riskiert er nicht, aber das Salz muß eilig weg, und wenn er eine Besatzung für die ›Gottesfinger‹ findet...«

»Was dann?«

»Dann schickt er das Salz nach Maceió. Das ist alles.«

»Er sieht doch, daß bei solchem Wetter niemand ausläuft! Und dann noch mit der verrückten Bark!«

»Das ist eben was für richtige Männer. Für Männer, die Mut haben. Darum hab ich's dir ja auch erzählt.«

Chicão wurde nachdenklich, überlegte, wie groß wohl die Gefahr eines solchen Unternehmens wirklich sein mochte.

»Verflixt gefährliche Sache!«

»Kann man wohl sagen!«

»Wer das wagt, muß mit allem rechnen.«

»Wenn er noch die Fahrrinne von São Roque erreicht, ehe...«

»Da müßte er viel Glück haben. Ist ein toller Südwind. Nur wenn die Bark sehr schnell vorankäme. Aber jetzt gegen den Wind anzusegeln, wo es so stürmisch ist?«

»Nach Norden zu wär's leicht.«

»So leicht auch wieder nicht. Aber weniger gefährlich. Nordwärts würd sich jeder trauen.«

»Ja.«

»Zahlt er denn gut, wenn man's macht?«

»Deshalb hab ich's dir ja erzählt, Chicão.«

»Kennt Ihr denn jemand, der mitmachen würde?«

»Bis jetzt nur der Rote.«

»Der war ja schon immer ein Waghals. Außerdem steht er ganz alleine da.«

»Warum machst du denn nicht mit, Chicão?«

»Will's mir überlegen.«

Chicão ging fort. Der Teufel fing an, ihn bei der Eitelkeit zu packen: »Was zögerst du, Chicão? Bist du nicht der Stärkste hier? Der Schönste? Der König der Armdrücker? Was soll dir schon passieren? Du hast doch immer Glück. Wag's doch einfach! Was heißt schon Südsturm? Ist doch auch nur so ein dummer Wind, der ab und zu bläst...«

Erregt fuhr Chicão sich mit der Hand durchs Haar. Es war jetzt pechschwarze Nacht. Er war so sehr in Gedanken versunken, daß er nicht einmal wahrnahm, wie seine Schritte im Sand knirschten. Er hörte nur die Stimme des Teufels, die seinen Übermut kitzelte: »Was für eine einmalige Gelegenheit, einen Haufen Geld zu verdienen, Chicão. Genau die richtige Aufgabe für einen, der so stark ist wie du. Für ein so junges Blut. Und wenn du dann von der Reise zurückkommst, sagen alle, du bist der beste Steuermann im ganzen Nordosten. Warum willst du's nicht tun? Außerdem ist die ›Gottesfinger‹ gar nicht so verrückt. Sie läuft gut. Und wenn ein so starker Arm wie deiner sie steuert...«

Chicão wurde immer erregter. Ein unbändiges Verlangen brannte in ihm. Und wenn er's riskierte? Nichts würde geschehen! Er wußte es. Gar nichts!

In dieser Nacht merkte Joaninha, wie unruhig er war. Er hatte ihr nichts erzählen wollen, sagte es aber schließlich doch: »Ich glaub, ich mach es, Joaninha.« Sie schwieg. Es hatte keinen Zweck, ihn zurückhalten zu wollen. Wenn Chicão eine Entscheidung fällte, war jede Bitte umsonst. Sie drehte sich auf die andere Seite. Er streichelte ihre braunen Schultern.

»Du sagst ja gar nichts?«

Sie gab keine Antwort. Etwas Warmes tropfte ihm auf die Hand ... Seine Finger glitten über ihr Gesicht. Es war naß.

»Weinst du, Joaninha?«

Eine große Zärtlichkeit lag in seiner Stimme. Er schloß sie fest in die Arme und trocknete ihr mit einem Zipfel der Bettdecke die Tränen. Ihr jedoch war zumute, als stürbe sie. Diesmal war alles in ihr erloschen, sogar die Sehnsucht nach seiner Umarmung, das heiße Begehren des Körpers, alles. Wenn Chicão sie sonst umarmte, stand sie gleich in Flammen. Diesmal aber nicht. Ihr war, als löste sie sich in nichts auf. Als ginge alles zu Ende, sei einfach aus ... Chicão durfte das nicht tun. Sie wußte genau, wie es jetzt auf dem Meer draußen aussah. Und dann noch auf einer so verwünschten Bark wie der »Gottesfinger«. Aber es nützte doch nichts, zu bitten, zu flehen. So waren sie nun einmal, diese Männer vom Meer. Nichts bedeutete ihnen so viel wie das Meer. Und die Frauen mußten sich damit abfinden. Joaninha wußte, er hatte sich entschieden. Nun weinte sie, und die Tränen halfen ihr. Ihr Gesicht war naß, und sie spürte, wie sich Chicãos bärtiges Gesicht leicht an dem ihren rieb und wieviel Liebe in seiner Stimme schwang.

Draußen herrschte finstere Nacht. Auf dem Meer heulte der Wind über tobenden Wellen.

Damasceno kratzte sich den Bart. Er war etwas verdutzt.

»An dich hatte ich gar nicht gedacht, Chicão.«

»Darum bin ich hergekommen.«

»Es ist aber sehr gefährlich.«

»Das weiß ich auch.«

»Und dann die verrückte Bark.«

»Ich kenn sie und bin sicher, bei mir benimmt sie sich.«

»Ich will dir's ganz offen sagen, Chicão. Diese Ladung Salz muß nach Maceió. Aber die ›Cabedelo‹ setze ich dafür nicht aufs Spiel. Ich möcht den Kahn nicht verlieren. Die Bark ist verrückt. Aber trotzdem, sie gehört mir, und ich hab sie gern. Möcht auch sie nicht einbüßen. Bloß, wenn ich eins von den beiden Schiffen hergeben müßte, dann lieber die Bark. Ginge mir mal die ›Cabedelo‹ unter, ich glaub, ich würd's nicht überleben.«

»Ich weiß ja, Sie lieben die Bark. Ich paß auch gut auf sie auf.«

»Willst du wirklich fahren, Chicão?«

»Darum bin ich hier.«

»Na gut. Dann sollst du den Befehl über das Schiff haben.«

»Wer kommt mit außer mir? Ich hörte, der Rote ...«

»Ja. Der macht's. Der hat ja vor nichts Angst. Außerdem der schwarze Jesuíno. Kennst du den?«

»Ja. Der ist in Ordnung.«

»Und dann Eusébio.«

»Clodomiras Mann?«

»Ja.«

»Den kenn ich gut. Mit dem war ich auf der ›Ricardo Barreto‹. Das ist ein netter Kerl. Wir drei sind viele Male zusammen gefahren. Das hört sich gut an.«

»Die sehen sich jetzt grade die Bark an. Wollen wir auch hin?«

»Ja. Und wann soll's losgehn? Morgen mit der Nachmittagsflut?«

»Ist recht.«

Sie gingen zur Uferstraße und trafen eine Menge Bekannte. Dann kamen sie zur Bark, dem Schiff mit dem schlechten Ruf, der »Gottesfinger«. Als der Rote und Eusébio erfuhren, Chicão werde als Steuermann mitfahren, waren sie begeistert. Der Rote fiel dem Freund um den Hals und sagte beinahe gerührt: »Wer hätte das gedacht, du Schuft, daß wir noch mal zusammen auf Fahrt gehen würden!«

»Ja. Deshalb bin ich da. Und morgen nachmittag laufen wir aus.«

Mit liebevollem Blick überprüfte Damasceno noch einmal die Bark. Daß sie unberechenbar war, wußte keiner besser als er. Aber auch, daß sie zäh war, stark und schnell. Er drehte sich zu den Männern um. »Könnt ihr fertig werden bis morgen zur Nachmittagsflut?«

»Natürlich. Wir fangen schon früh an, die Salzsäcke einzuladen. Um zwölf essen wir. Dann warten wir die Flut ab.«

»Komm nachher bei mir zu Hause vorbei, Chicão. Ich hab noch einiges mit dir zu besprechen.«

»Ist recht, Schiffer Damasceno.«

Der alte Seemann ging davon. Plötzlich runzelte der Rote die Stirn und starrte mit seinem einzigen Auge zum Himmel.

»Schau dir das einmal an, Chicão! Wie komisch!«

»Die Wolke?«

»Ja. Wie sieht die bloß aus?«

Chicão zuckte zusammen. Ihm fiel etwas ein.

»Die sieht aus wie ...«

Aber er wollte es nicht aussprechen. Daher war es Jesuíno, der auch hinaufgesehen hatte, der das Fehlende ergänzte. »Wie eine Katze, die uns anspringt.«

Eine Katze. Chicão fuhr der Schreck in die Glieder. Eine Wolke, die einer Katze glich? Er mußte an die Warnung des alten Malachias denken.

»Hüte dich vor Katzen!« Ein Schauer lief ihm über den Rükken. Aber so leicht ließ er sich nicht ins Bockshorn jagen. Eine Katze. Was für ein Unsinn! Sich von einer harmlosen Wolke derart einschüchtern zu lassen! Quatsch! Der alte Malachias war ja ohnehin nicht mehr ganz richtig im Kopf. Ein alter Narr...

Er hob den Blick. Die Wolke schien immer näher zu kommen. Sie sah tatsächlich aus wie eine Katze ...

Er umarmte Joaninha, warf sich den Seesack auf den Rücken und lachte zum Abschied. Er sah, wie zwei Tränen über ihre Backen rollten. Zum Spaß schnitt er ihr ein Gesicht. Dann steifte er den Rücken, wandte sich ab und zog los. Auf dem Weg schaute er bei Dom Miguel vorbei, um ihm Lebewohl zu sagen, und wanderte dann weiter durch die Straßen des Roçadohafens nach Macau. In jeden Winkel spähte er, wie um Abschied zu nehmen und in seinem Innern etwas von dem mitzunehmen, an das er während der Reise denken wollte.

Schon jetzt regte sich so etwas wie Sehnsucht nach Joaninha in ihm. Er liebte sie heiß, und er wußte, jetzt waren ihre Augen rotgeweint. Aber sie würde sich wieder trösten, er würde ja schon bald mit viel Geld zurückkommen und ihr hübsche Geschenke kaufen. Wenn er sie dann in seine Arme schloß, würde er überströmen von Liebe und Zärtlichkeit.

Zwei Monate konnte die Reise dauern, vielleicht auch ein bißchen länger, falls sie auf dem Rückweg neue Ladung bekamen, was natürlich die Heimkehr verzögern würde.

Er ging an Bord. Da es sich um die »verrückte Bark« handelte, die eine so gefahrvolle Reise antreten sollte, versammelten sich Neugierige, um zuzusehen, wie die Segel gehißt würden. Der »Gottesfinger« war jede Tollheit zuzutrauen. Viele wollten Chicão auslaufen sehen, den König der Armdrücker, viele ihm auf Wiedersehen zurufen und gute Reise wünschen, ihm mit Taschentüchern und Armen nachwinken. »Gute Reise, mein Freund und Bruder! Gute Fahrt!«

Jesuíno, Eusébio und der Rote machten die Segel los. Der Anker wurde gelichtet. Alle packten mit an. Die Flut hatte ihren höchsten Stand erreicht, und der Wind blies so kühl und feucht, daß er einem durch und durch ging. Das Großsegel entfaltete sich. Dann hißten sie das Focksegel. Die Vertäuung wurde losgemacht. Schweigend beobachteten die Leute, wie die Bark ablegte und sich zu entfernen begann.

Chicão hatte das Ruder gepackt und steuerte mit starker Hand. Seine schwarzen Augen blitzten unter den geschwungenen Brauen. Er war sich seiner Verantwortung bewußt.

Schiffer Damasceno stand am Kai und betete leise, daß die Bark eine gute Fahrt machen und mit ihrer Besatzung bald glücklich heimkehren möge.

Aber der Alte aus Bahia, der mit der gelben Margarida schwatzte, war dessen keineswegs sicher.

»Ich würde heut um alles in der Welt nicht auslaufen, Margarida. Bei so einem Wetter! Da muß man verdammt viel Mut haben.«

»Chicão wird's schon schaffen.«

»Kann sein. Kann sein. Aber sieh einmal nach Süden! Was da für Wolken sind! Und das Meer tobt!«

Margaridas Lippen zitterten. Und wenn die Leute tatsächlich nicht zurückkämen? Sie betete zu Santa Luzia, zu Sankt Peter, zu Unserer Lieben Frau der Seefahrer, sie möchten die Männer in ihren Schutz nehmen. Und der Alte aus Bahia fuhr bekümmert fort: »Außerdem haben sie auch noch den Wind gegen sich ...!«

Inzwischen gewann die Bark immer mehr Abstand, hatte schon die Mitte der Fahrrinne erreicht und glitt anmutig dahin wie ein Schwan. Der Wind blähte die Segel, auch das kleine viereckige ganz vorn. All die entrollte Leinwand bot sich dem Wind dar, und schnell und immer geschwinder enteilte die Bark »Gottesfinger«. Von seinem Standort aus und über die Reling hinweg beobachtete Chicão die Hafeneinfahrt. Schon lag der Kai weit zurück. Auch die weißen Salinen wurden immer kleiner. Bald würden sie draußen sein und Macau aus den Augen verlieren. Seitlich tauchte der Leuchtturm von Alagamar auf. Das ganze Sumpfgebiet war von den Wassern der Flut überspült. Man spürte bereits das Rollen des Meeres unter den Füßen. Es war kalt. Dazu diese Nässe. Scheußlich! Der Wind zeigte sich hier draußen immer böiger und brachte die Bark heftig zum Schlingern. Es war, als scheute sie vor den Wellenkämmen zurück. Aber sie mußten weiter – sie mußten, wenn sie auch sahen, daß es nur langsam voranging. Wären sie auf der Rückfahrt, wäre es etwas anderes. Dann hätten sie den Wind zum Verbündeten und kämen im Nu nach Haus. Wind, Flut und die Sehnsucht heimzukommen würden zusammenwirken.

Der Tag ging zu Ende. Der Wind stöhnte qualvoll in der Takelage, dann wieder ruhte er sich ächzend im Bauch der Segel aus.

Die Küste rückte fern. Chicão dachte an Schiffer Damasceno und lächelte vor sich hin. Auf der »Cabedelo« würde natürlich alles ganz anders sein, denn die war ja in den Augen des alten Seemanns ein Schiff, das die Küste haargenau kannte. Da würden sie, jedenfalls bis Natal, eine einfache und sorglose Reise machen. Aber er durfte sich nicht beschweren, denn auch die »Gottesfinger« lief gut und rasch.

Nacht brach herein. Tag um Tag verging. Und immer blies der Wind mit voller Kraft und schwellte die Segel. Er ließ nicht davon ab, wütend zu knurren.

Am Heck versank die Caiçaraspitze. Von nun an wurde die Reise gefährlich. Der Südwind konnte machtvoll zupacken. Gelang es ihnen jedoch, die Fahrrinne von São Roque zu erreichen, so bestand kaum Gefahr mehr. Sie waren genau an der kritischen Stelle, konnten aber innerhalb von zwei Tagen in der Fahrrinne sein und dann ohne nennenswerte Schwierigkeiten südwärts segeln.

Doch das Unheil verschonte sie nicht. Niedrighängende schwarze Wolken brauten sich im Süden zusammen. Die Hoffnung der Männer begann zu schwinden.

»Sieh dir das an, Chicão! Der Südsturm!«

»Wenn wir schnell fahren, kommen wir daran vorbei.«

»Wird noch einen Tag dauern, bis er uns kriegt.«

Unter der Drohung des anrückenden Sturms tobte die See wilder und wilder. Die Bark schlingerte immer heftiger. Es wurde kälter. Die Wogen klatschten gegen den Bug und ergossen sich über das Deck. Der Tag verging, als schleppte er die Stunden übers Meer. Und der Südsturm kam näher. Immer düsterer, immer geduckter jagten die Wolken heran.

Chicão rief die Gefährten zusammen. Nur jetzt nicht vor Angst den Kopf verlieren!

»Der Südsturm wird uns bald erreicht haben. Kann sein, wir kommen noch durch, erreichen die freie Fahrrinne von São Roque, eh' er uns packt. Was sollen wir machen? Weiterfahren oder irgendwo an der Küste anlegen?«

Der Rote meint: »Mann, ich bin ein alter Seebär. Ich sag dir, der Sturm erwischt uns nicht. Der nimmt sich sehr viel Zeit. Die Wolken sind noch ganz weit hinten.«

»Möglich, daß du recht hast, Roter. Aber das tut er bestimmt, um Kraft zu sammeln. Uns wird noch Hören und Sehen vergehen. Und was denkst du, Eusébio?«

»Kannst ruhig weiterfahren. Ich glaub, wir kommen noch durch, es passiert uns nichts. Ich halte nichts davon, ausgerechnet hier beizudrehen.«

Chicão überlegte ein wenig und sagte dann: »Wenn der Südsturm wirklich losbricht, dann kriegen wir ihn ab, ob wir nun an der Küste liegen oder auf hoher See sind. Da werden wir kurz und klein geschlagen, hier draußen so gut wie in Ufernähe. Wollen wir weitermachen?«

»Ja.«

»Dann los jetzt! Wir sind schließlich keine Angsthasen!« Und sie setzten ihren Kurs aufs offene Meer hinaus fort.

Am folgenden Tag tobte der Orkan los, als sie die Fahrrinne nach São Roque noch nicht ganz erreicht hatten. Wie der Blitz brach es über sie herein. Erst lag das Meer einen Augenblick völlig still und reglos da, und nur ein ganz leichter, lauer Wind wehte, daß die Bark keine Wellenbewegung mehr wahrzunehmen schien.

Da erschraken die Männer: »Der Südsturm!«

Die Wolken schienen wie Raubvögel auf das Vorschiff zu stürzen. Wie besessen schrie Chicão: »Segel reffen! Sonst ...«

Niemand hörte ihn. Der Selbsterhaltungstrieb ließ jeden von sich aus handeln. Sie versuchten, die Segel zu bergen. Jesuíno kletterte die Wanten hinauf. Mit ungeheurem Tosen fiel der Orkan über sie her. Der Rote umklammerte mit angespannter Muskelkraft das Steuerrad. Eusébio mühte sich, die Taue zu kappen, die das Focksegel hielten. Aber er kam zu spät. Donnernd stürzte sich der Wind drauf. Die Wellen wuchsen. Die Bark war wie ein Spielball der Wogen, die Brecher spülten über sie hinweg. Chicão sah das Unheil voraus, biß jedoch fest die Zähne zusammen. Der Kahn wurde von einer Seite auf die andere geworfen. Was nicht niet- und nagelfest war, wirbelte durch die Luft. Ein gewaltiges Krachen erschütterte jäh die Bark. Die Masten zersplitterten. Jesuíno war verschwunden. Das Deck stand unter Wasser.

Irgend etwas schwankte und stürzte schwer auf Chicãos Schulter. Er fühlte, daß ihm der wuchtige Schlag die Schulter zerschmettert hatte. Alle Kraft wich aus seinem Körper, er sank aufs Deck.

8
Durst

Langsam öffnete er die Augen. Er spürte einen scharfen, stechenden Schmerz in den Augen, seine linke Seite war gefühllos. Ihn schwindelte, und er konnte sich an nichts mehr erinnern.

Er versuchte sich aufzusetzen, aber der peinigende Schmerz riß ihm den rechten Arm zurück. Da stützte er sich auf den linken und brachte es fertig, hochzukommen und sich umzusehen. Der Schatten über dem linken Auge wollte nicht weichen. Nach und nach kam die Erinnerung wieder. Das Unwetter! Der wütende Angriff des Orkans! Die Bark! Ja, die »Gottesfinger«! Auf ihr befand er sich. Jetzt fiel es ihm wieder ein. Er sah rundum und erblickte die Verwüstung, die ihn umgab. Alle Segel hingen in Fetzen. Vom Fockmast gab es nur noch einen geköpften Stumpf. Der Großmast war niedergestürzt – verkrümmt und schwer beschädigt, mit riesigen Splittern lag er an Deck. Das Steuerhaus war unter seinem Gewicht völlig plattgedrückt.

Überall häufte sich zerbrochenes Gestänge. Die Reling war geborsten. Vom Vorschiff fehlte der Klüver. Baumelnde Tauenden wehten hin und her.

Grauenvoll hatte der Sturm gehaust. Wie konnte es nur angehen, daß das Schiff ihm nicht ganz zum Opfer gefallen war? Es schien ein Wunder Gottes. Oder vielleicht eine Strafe.

Chicãos Kopf schmerzte furchtbar. Trotzdem erkannte er seine Lage immer klarer. Eisige Kälte kroch an ihm hoch, und er bemerkte, daß das Unwetter alles überschwemmt hatte, seine Beine hingen ins Wasser. Er wollte fortkriechen und sich einen höher gelegenen Platz suchen, aber der Schmerz im rechten Arm raubte ihm fast die Sinne. Er tastete den Arm ab und stellte fest, daß er zwar noch am Körper hing, aber kraftlos und ganz zerschmettert war. Seine Finger tasteten sich weiter nach oben. Die Schulter schob sich nach vorn. Bei jeder Berührung packten ihn rasende Schmerzen. Er setzte sich wieder, die Tränen kamen ihm. Dann entsann er sich des Schattens über seinem linken Auge. Er hob die Hand an die Stirn und fand die Ursache. Er mußte sich verletzt haben, ein Riß zog sich bis zur Braue. Was die Sicht behinderte, war geronnenes Blut. Vorsichtig reinigte er die Wunde. Er tauchte die Hand in das Wasser, das noch an Deck stand, spülte es leicht über die Stirn und wusch das Blut ab, das bald in dunklen Flocken die Pfützen färbte. Die Fluten waren in den Laderaum eingedrungen und hatten das Salz gelöst, daher war das Wasser, mit dem Chicão seine Verletzung behandelte, mit Salz gesättigt; die Wunde brannte derart, daß er abermals fast die Besinnung verlor. Er hielt eine Weile inne und schloß die Augen, bis der Schmerz nachließ. Als er sie dann öffnete, konnte er viel besser sehen.

Jetzt erst fielen ihm die Gefährten ein. Verzweifelt rief er nach

Eusébio, nach dem Roten, nach Jesuíno. Er wartete, ob Antwort käme, und dann schrie er noch lauter und angstvoller. Aber das Schweigen dauerte fort. Was war mit ihnen geschehen? Vielleicht lebte einer von ihnen noch, verwundet wie er...

Er mußte sich bewegen, sich von der Stelle rühren, an der er saß, und einen Platz suchen, an dem die Nässe ihm weniger zusetzte. Seine Lippen waren ausgetrocknet, und zum erstenmal verspürte er Durst.

Es war unmöglich festzustellen, wie lange er ohnmächtig dagelegen und wann er zuletzt etwas getrunken hatte. Er kroch ein wenig vorwärts, klammerte sich an einem herunterhängenden Tau fest und versuchte sich mit seiner linken Hand daran hochzuziehen. Der stechende Schmerz auf der anderen Seite war unerträglich. Ratlos setzte er sich wieder hin. So ging es nicht! Er mußte etwas tun, um den Rest Leben zu retten, der noch in ihm war. Mußte es schaffen, wieder auf die Beine zu kommen, und wenn er noch einmal ohnmächtig würde. Also biß er die Zähne zusammen und packte das Tau mit aller Kraft. Ihm war, als würde ihm die rechte Schulter abgerissen. Alles schwamm ihm vor den Augen, und er fürchtete, das Bewußtsein zu verlieren. Aber es gelang ihm, sich aufrecht zu halten. Er stützte sich auf den Großmast, der aus seiner Verankerung herausgerissen war und dessen zerbrochene Teile ein großes V bildeten.

Chicão holte tief Luft. Der Seewind strich ihm übers Gesicht. Er blickte über das hin, was von der Bark übriggeblieben war: nichts als Trümmer. Ein Wunder, daß der Schiffsrumpf überhaupt standgehalten hatte und immer noch trieb.

Chicão ging weiter und klammerte sich an der Reling fest, um nicht hinzufallen. Jeder Schritt war eine Qual. Da war die Stirnverletzung, die gebrochene Schulter mit dem zermalmten Arm, der wie ein Lappen herunterhing. Er mußte ihn unbedingt hochbinden. Sein Blick fiel auf das durchnäßte Großsegel, das über der Schiffsluke lag. Er setzte sich hin und tastete mit der linken Hand nach dem Gürtel. Zum Glück steckte das Messer der Armdrücker noch an seinem Platz. Er zog es heraus und säbelte ein Stück Segeltuch ab. Wie mühsam, mit nur einer Hand und überdies mit der linken zu arbeiten! Aber er bekam den Streifen los, knüpfte mit Hilfe von Hand und Zähnen einen Knoten und zog ihn stramm. Die Armschlinge war fertig, und er legte sie sich um den Hals.

Den hängenden Arm hochzukriegen, ging an die Grenzen seiner Kraft. Vorsichtig schob er ihn nach oben. Kalter Schweiß trat ihm auf die Stirn, aber es mußte sein. Ganz langsam bekam er ihn immer höher. Er preßte die Lippen aufeinander, konnte aber ein Stöhnen nicht unterdrücken. Noch ein bißchen weiter, und er konnte die Schlinge mit den Zähnen auseinanderziehen und den Arm in das Tuch betten.

Tränen traten ihm in die Augen. Welche Qual! Er setzte sich nieder und lehnte den Kopf gegen den zerbrochenen Mast. Er war in Schweiß gebadet. Seine Zähne klapperten vor Erregung. Alles schwamm ihm vor den Augen, und der zerschmetterte Arm begann zu brennen, als stehe er in Flammen.

Aber er riß sich zusammen. Es konnte ja noch Rettung kommen. Mit der linken Hand strich er sich über die Stirn und stand auf. Gewiß, er fühlte sich schwach, doch immerhin konnte er mit dem abgestützten Arm leichter gehen. Er wollte das ganze Schiff absuchen und feststellen, ob noch jemand außer ihm an Bord war und Hilfe brauchte.

Als erstes ging er zum Ruderhaus. Der niederstürzende Großmast hatte es zusammengeschlagen. Durch die Lücken im Holz spähte Chicão hinein. Alles war durcheinandergeworfen, in Ecken und Winkeln verstreut, ein Wirrwarr von Trümmern, aber keine lebende Seele. Als er ans Steuerruder trat, weiteten sich seine Augen vor Entsetzen. Beim Aufprall des Masts war das Rad in zwei Teile zersprungen, und unter all den Trümmern lag der Rote, den Schädel zerschmettert. Hirn und geronnenes Blut waren auf die Schiffsplanken gespritzt. Sein einziges Auge war aus der Höhle gesprungen, lag fast eine Handbreit vom Kopf entfernt und starrte nach oben.

Chicão fing an zu zittern. Mit einem Stoffetzen deckte er den entstellten Kopf zu und das Auge, das die unglückliche Bark zu betrachten schien. Den Roten herauszuziehen war mit dem einen Arm nicht möglich. Wieder kamen ihm die Tränen, denn er fühlte sich so machtlos, als sei er tot wie der Freund.

Armer Roter! Wie hatte er die Frauen geliebt! Und war jetzt

nichts anderes als gehacktes Fleisch, wie es in den Markthallen feilgeboten wird.

Auf der Suche nach Eusébio und Jesuíno kam Chicão durch das ganze Schiff, aber er fand keine Spur von ihnen. Überall stieß er auf Zerstörung. Was mochte mit Eusébio geschehen sein? Vielleicht war er ins Meer gestürzt und hatte sich schwimmend gerettet. Nein. In solch aufgewühlter See kam niemand mit dem Leben davon. Wahrscheinlich hatte ein wütender Windstoß sie beide ins Wasser gefegt, zur Beute gefräßiger Fische. Oder sie trieben jetzt mit aufgedunsenen Bäuchen irgendwo in der Ferne. An Bord waren sie jedenfalls nicht mehr.

Chicão warf einen Blick hinunter in den Laderaum. Die Holzplanken an der Luke waren verschoben, und er konnte die durchweichten, zusammengefallenen Salzsäcke erkennen. Das eingedrungene Wasser hatte das Salz gelöst, aber noch schwamm in der Mitte eine weißliche Schicht, die mit der Wellenbewegung bald auf diese, bald auf jene Seite schwappte.

Damascenos Salz war verloren und seine Bark für alle Zeit unbrauchbar. Wenn aber das Wasser das Salz schon bis zu solchem Grade hatte auflösen können, dann mußte – es gab keine andere Erklärung –, ja dann mußte der Sturm sehr lange gedauert haben. Allen Anzeichen nach hatte er mindestens zwei Tage gewütet, und die ganze Zeit über war er, Chicão, bewußtlos gewesen. Trotzdem war ihm nichts geschehen, nichts im Vergleich zu dem schrecklichen Ende der anderen. Er blickte aufs Wasser hinaus, um festzustellen, ob irgendwo Land in Sicht sei: nichts als Wasser, ein harmloses, friedliches Meer. Und doch hatte es wenige Stunden zuvor mitleidlos drei Menschenleben vernichtet und eine stattliche Bark zertrümmert.

Chicão hatte keine Ahnung, wo er war. Vielleicht würde es in der Nacht leichter sein, sich zu orientieren. Aber nein. Auch das nicht. Er hatte ja nie lernen wollen, es sogar für ausgemachten Unsinn gehalten, sich nach den Sternen zu richten. Ach, hätte er dies geahnt! Er erinnerte sich, daß sie bei Ausbruch des Sturmes bis nahe an die Fahrrinne von São Roque gekommen waren. Aber das wollte nichts heißen, denn der Wind konnte das Schiff in völlig entgegengesetzte Richtung gezwungen haben. Wäre Land zu sehen gewesen, dann hätte er sich vielleicht ausgekannt. Nun blieb ihm nur die Hoffnung, ein anderer Segler oder gar ein großes Schiff werde ihm zu Hilfe kommen.

Vorerst war er ganz den Wellen preisgegeben, und das Meer konnte ihn tragen, wohin es wollte. Vielleicht hielt sogar das treibende Wrack einem neuerlichen Anprall der Wogen oder einem kräftigen Windstoß nicht stand. Er mußte abwarten. Wie viele Tage? Das Schicksal allein wußte die Antwort.

Niedergeschlagen setzte er sich hin. Vom Himmel stach grausam die Sonne herab. Kehle und Lippen lechzten nach Wasser. Er legte die Hand an den Mund und fühlte, wie ausgedörrt die Lippen waren. Dabei gab es nichts zu trinken an Bord, nichts zu essen. Seine Suche war erfolglos geblieben. Natürlich, die Wogen hatten das Schiff überflutet und alles fortgespült. Hunger konnte er ertragen, bis er gerettet wurde, nicht jedoch Durst. Niemand kann lange Zeit dursten. Hilfe tat not. Er brauchte dringend Hilfe.

Währenddessen verzehrte die Sonne alles mit ihrer Glut, und der Tag schlich ebenso langsam dahin wie die Bark, die auf den trägen Wellen trieb. Wenn sie wenigstens in eine Strömung geraten würde, damit Aussicht bestand, einem Segler zu begegnen! Für Chicão gab es nur noch eins: die Hoffnung. Sie war das einzige, was ihm Kraft geben konnte.

Allmählich ließ die Sonnenglut nach. Der Abend brachte Ruhe. Von Wind war kaum etwas zu spüren, und die Stille hatte etwas Beängstigendes. Bald würde es Nacht sein. Es kühlte ab.

Chicão fand keinen geschützten Platz. Da fiel sein Blick auf das Großsegel, das in der Sonne getrocknet war. Ja, das konnte ihm helfen. Er stieß das Messer ins Tuch und zerteilte mit der Schneide das Gewebe. Nun hatte er eine Decke. Er suchte nach einer trockenen Stelle, um sich niederzulegen. Er wollte versuchen zu schlafen. Vielleicht wurde er am nächsten Tag an die Küste getrieben, von einem Fischerboot oder einem Schiff gesichtet.

Ihm fiel ein, daß es nahe beim Ruderhaus einen höher gelegenen Platz gab, der sich zum Schlafen eignete. Zwar lag dort der zerschmetterte Leichnam des Roten, aber es blieb ihm keine Wahl. Vielleicht trocknete morgen die Sonne das Deck. Heute konnte er nur dorthin gehen.

Aber neben einem Toten schlafen? Neben einem Mann, dessen Schädel zertrümmert war, dem er selbst das Gesicht zugedeckt hatte und das herausgesprungene Auge, das starr nach oben gerichtet war? Ein Schauer lief ihm über den Rücken. Dennoch, es war die einzige Möglichkeit. Er streckte sich aus.

Es wurde Nacht. Die Sterne am Himmel schwankten mit der Dünung. Traurig blickte Chicão sich um und sah den zermalmten Körper des Roten, der da schlief und schlafen würde, bis in alle Ewigkeit hinein.

Chicãos Schulter und der zertrümmerte Arm schmerzten, sein Durst wurde immer quälender. Fieber fing an, ihn zu betäuben. Er drehte sich auf die unverletzte Seite. Das Stechen hörte jedoch nicht auf. Dazu kroch ihm Kälte über den Rükken, und er klapperte mit den Zähnen wie bei einem Malariaanfall. Dennoch fielen ihm zuletzt die Augen zu, und er schlief ein.

Mit der Morgendämmerung kam ein frischer Wind auf. Bald danach entstieg die Sonne dem Meer. Chicão erwachte. Sowohl am Kopf als auch in dem unbrauchbar gewordenen Arm hatten die Schmerzen ein wenig nachgelassen. Nur schien ihm, seine ganze rechte Seite sei angeschwollen und hinge wie ein Bleigewicht an ihm.

Er stand auf. Der Morgenwind hatte die Richtung gewechselt. Ein furchtbarer Leichengeruch ging vom verwesenden Körper des Freundes aus. Eine weitere Nacht konnte er nicht in seiner Nähe schlafen.

Er schirmte die Augen mit der Hand und suchte den fernen Horizont ab. Nichts war auszumachen. Nur Wasser überall, in allen Himmelsrichtungen. Dabei konnte er sich nicht einmal orientieren.

Verzagt setzte er sich wieder auf. Er betrachtete die zerbrochenen Masten, die zerfetzten Segel. Was von der Bark übriggeblieben war, glich eher einer Kürbisschale als einem Schiffsrumpf. Sie konnte nur untergehen oder treiben, wohin Wind und Meer sie haben wollten.

Immer tiefer versank er in Trübsinn. Sie hätten diese Fahrt niemals wagen dürfen. Das Unwetter war viel zu nah gewesen.

Und sie hatten sich eingebildet, sie könnten noch bis in die Fahrrinne von São Roque gelangen, ehe es losbräche. Joaninha kam ihm in den Sinn. Ob sie jetzt wohl betete, wie es die Frauen taten, wenn ihre Männer auf dem Meer geblieben waren?

Er konnte das Lachen des alten Malachias nicht vergessen. Alle Augenblicke tönte es in sein Ohr: »Hüte dich vor Katzen!« Wohl hatte er die Wolke gesehen, die finstere Wolke, die drohend am Himmel aufgestiegen war und wie eine Katze ausgesehen hatte, die Warnung des Alten aber dennoch in den Wind geschlagen. Jetzt blieb ihm nichts mehr übrig, als zu hoffen, Gott werde sich dieses geborstenen Wracks erbarmen, das in der grenzenlosen Weite des Meeres dahintrieb.

Die Sonne schien immer heißer. Wahrscheinlich würde das Deck nun trocknen, und er mußte die Nacht nicht mehr in unmittelbarer Nähe des Roten verbringen.

Der Durst quälte ihn immer mehr. Der Tag verstrich, und wieder hatte er vergeblich auf ein rettendes Schiff gehofft. Vielleicht morgen. Fieber, Erschöpfung, Schmerzen und Kälte würden die Nacht zur Folter machen. Vor allem aber durstete die Kehle nach Wasser... Wasser... Wasser...!

Es dunkelte. Der erste Stern blitzte am Himmel auf. Bald kamen mehr. Es wurde vollends dunkel.

Zitternd wickelte sich Chicão in das Stück Segeltuch. Die ausgedörrte Kehle brannte höllisch, und sein Speichel schmeckte salzig. Den ganzen Tag über hatte er versucht, zu schlucken oder doch Schluckbewegungen zu machen, aber jedesmal hatte er nur röcheln können. Zumindest war das Deck von der Sonnenglut getrocknet – von derselben Glut, über die er so verzweifelte, weil er immer wieder gezwungen war, den Platz zu wechseln, um ein bißchen Schatten zu finden. Ihr verdankte er es immerhin, daß er den schmerzenden Körper jetzt auf trockenen Planken zur Ruhe legen konnte. Fieber schloß ihm die Augen, das Wiegen der Wellen schläferte ihn ein. Hin und wieder befielen ihn Wahnvorstellungen, und er schrak hoch, weil er meinte, Stimmen gehört zu haben. Dann horchte er und hoffte, sie möchten wieder reden. Aber da war nichts als das Gluckern des Wassers unter dem Rumpf der Bark. Verzweifelt schloß er die Augen, und das Fieber, das in ihm wütete, lullte ihn ein und schenkte ihm neuen Schlaf.

Es war tiefe Nacht. Verstümmelten Gestalten gleich, standen die zersplitterten Maststümpfe mit den Segelfetzen vor dem Sternenhimmel. Wieder ertönte laut eine Stimme.

Chicão fuhr hoch. Diese Stimme kannte er. Er sah zum Heck und nahm eine weiße Erscheinung wahr, die auf ihn zukam. Die Schmerzen im Arm waren wie verflogen, so groß war seine Erregung. Stimme und Gestalt näherten sich. Es war Lídia, die Irre vom Roçadohafen.

»Wasser? ... Mehr Wasser?«

Sie war es. Er erkannte die Stimme, erinnerte sich ihrer ganz genau. Sie blieb stehen. Der Krug schimmerte in ihren Händen. Doch dann entfernte sie sich wieder, ging weiter zum Vorschiff. Er mußte trinken! Und wenn er sie dafür umbrachte. Sie hatte Wasser, Wasser! Seine Augen weiteten sich vor Grauen, denn Lídia, die Irre, hatte sich neben die Leiche des Roten gekniet und hielt den Krug an seine toten Lippen. Wie von Sinnen stürzte Chicão zu ihr. Er stolperte über ein Holzstück und fiel auf den verwesenden Leichnam. Der Schmerz machte ihn hellwach. Da war nichts. Keine Lídia! Kein Wasser! Nur diese sich zersetzende, abscheulich stinkende Leiche! Würgender Ekel verdrängte die Schmerzen, die der Sturz verursacht hatte. Hier lag er, Chicão, und umarmte einen Toten. Hastig stand er auf. Eine faulige Flüssigkeit rann ihm übers Gesicht, und von Kopf bis Fuß zitternd wankte er zu seinem Schlafplatz zurück. Das Segeltuch lag noch da. Bebend setzte er sich nieder, lehnte den Kopf an die Reling und begann zu schluchzen.

Warum war nicht auch er sofort tot gewesen! Warum hatte Gott kein Mitleid mit ihm? Was nützte es ihm, Chicão zu sein, der König der Armdrücker? Als der stärkste Mann von ganz Macau zu gelten? Nichts! Hier hockte er und weinte, weinte wie ein verlassenes Kind, beschwor den Tod wie ein Besessener, sah Trugbilder, hörte Stimmen wie die der irren Lídia, die zu dieser Stunde wahrscheinlich mit ihren Hunden schlief. Das kam vom Fieber, vom Durst, der ihn so quälte, daß ihm Wahnbilder vorgaukelten.

Wo mochte er sein? Er wußte es nicht. Kein einziges Fischerboot kam in die Nähe. Es war wie verhext, als mieden alle Schiffe diese Gegend. Offenbar hatte Gott kein Erbarmen mit ihm. Vielleicht sollte er sich ins Meer stürzen und warten, bis ihn die Haie fraßen. Dann würde jedenfalls kein Rest von ihm bleiben!

Voller Angst stand er auf und blickte sich nach allen Seiten um. Vielleicht drang der Lichtschein irgendeines Leuchtturms zu ihm durch die Nacht. Nichts, nur Dunkel und Schweigen. Und die Wellen wiegten plätschernd den zerschlagenen Rumpf des Schiffes. Wieder setzte er sich und sank langsam aufs Deck. Die Augen fielen ihm vor Müdigkeit zu, der Schlaf überdeckte für eine Weile seine Verzweiflung.

Als die Morgensonne ihm ins Gesicht schien, erwachte er und öffnete die brennenden Augen. Seine Kräfte reichten kaum noch, hochzukommen. Er verspürte keinen Hunger. Die Kehle war hart und trocken, der quälende Durst ließ ihn den Hunger nicht spüren. Jemand hatte einmal gesagt – oder stammte es von ihm selbst? es ging ihm alles durcheinander –, hatte gesagt, von Hunger könne man sterben, Durst aber mache einen wahnsinnig. Unter gewaltiger Anstrengung richtete er den Körper auf und suchte den Horizont ab. Er wischte sich mit dem Handrücken die Augen und lehnte sich über die Reling. Sah er richtig? Konnte das sein? Dort hinten glaubte er so etwas wie Brandung zu erkennen. Brandung aber entsteht nur in der Nähe von Land, an einer Küste oder einer Sandbank. Der Wind trieb die Bark geradewegs auf diese Stelle zu. Chicãos Hoffnung schwand jedoch, als die Entfernung abnahm. Nein. Nichts, überhaupt nichts. Es mußte eine Sinnestäuschung gewesen sein. Das Meer sah genauso aus wie ringsum.

Seine kraftlosen Beine gaben nach und knickten ein. Er ließ sich niedersinken und saß mit hängendem Kopf da. Auch diese schwache Hoffnung mußte er begraben! Grenzenlose Trauer ergriff ihn. Er würde kaum noch einmal hochkommen. Seine letzte Stunde war nah. Wenn nicht dieser Tag noch Hilfe brachte, würde es keine Rettung mehr für ihn geben.

Sein Körper verfiel zusehends. Die Kehle schien zu bersten. Dick geschwollen lag die Zunge im Mund. Er hatte es aufgegeben, Schluckversuche zu machen. Das Fehlen von Speichel bereitete unerträgliche Schmerzen. Er war verloren. So zahlte er für seine Sünden. Aber das hatte er nicht verdient, derart hart zu büßen. Er war kein schlechter Kerl. Er hielt sich gewiß auch nicht für gut, hatte hie und da Unrecht getan wie jeder

Mensch. Aber an Durst zugrunde gehen? Mit vertrockneter Kehle? Nein! Das war zuviel. Eine schwerere Strafe gab es nicht.

Er nahm Veränderungen an seinem Körper wahr. Die Lippen platzten, aber seine Schmerzen nahmen ab. Vielleicht brachte es die Schwäche mit sich, daß er sie nicht mehr so spürte. Sein Fleisch schwand dahin. Der unversehrte Arm magerte ab, und zugleich wurde die Haut dunkler, gelbbraun und matt.

Die Sonne stach, aber er war gefühllos dagegen geworden. Wäre es ihm doch ergangen wie dem Roten, und auch er läge unter dem Mast dort. Wie gut wäre es, mit einemmal tot zu sein! Armer Kerl, der Rote! Und auf ihn hatte er sich noch in der vergangenen Nacht gestürzt, weil er meinte, die Irre vom Roçadohafen bei ihm gesehen zu haben.

Chicão dämmerte dahin. Aber immer wieder setzte er sich zur Wehr. Er fürchtete, nie wieder aufzuwachen, wenn er in diesem Zustand der Schwäche einschlief. So stachelte sein Lebenstrieb ihn auf. Eben dachte er an nichts anderes, als zu sterben, alles dafür zu geben, wenn es ein Ende hätte – da rührte sich schon wieder die Hoffnung auf Rettung und zwang ihn, mit äußerster Anstrengung die Augen zu öffnen.

Chicão wollte leben! Wollte leben! Leben! Er wollte weiterhin alles sehen können, was seinem Blick vertraut gewesen war. Doch die Augenlider sanken schwer herab. Wieder riß er sie auf. Er wollte nicht auf diese Art sterben. Wenn Gott ihn zum Leben geschaffen und bei dem Sturm nicht hatte umkommen lassen, dann gewiß deswegen, weil es ihm bestimmt war zu leben.

Seine Kräfte aber verfielen weiter. Kehle, Lippen und Zunge waren rissig. Im Fieber fielen ihm die Augen zu. Selbst das Atmen war eine Qual. Die Luft trat heiß durch Nase und Mund und tat ihm weh. Er schleppte sich jetzt nicht mehr von Schatten zu Schatten, sondern überließ seinen Körper der grausamen Sonnenglut. Bei aller Schläfrigkeit jedoch, bei allen Wahnvorstellungen, die ihn überfielen, erhielt sich sein Wille zu überleben. Er malte sich die Rettung aus. Bald war es ein großer Küstenfrachter mit geblähten Segeln, der herankam, und er konnte am geschwungenen Bug oberhalb des schnittigen Kiels den Namen erkennen: »Ricardo Barreto«. Dann wieder meinte er, es gehe ihm gut und er sei auf den Beinen. Er stehe neben dem Roten, der noch lebte, und schaue zur Küste hinüber.

Doch es war zu spät. Er konnte nicht mehr richtig atmen. Die Zunge lag schwärzlich im Mund. Trügerische Geräusche und Wahnbilder glitten wirr ineinander. Lídia erschien und setzte ihm den Krug an die Lippen, aber er mochte nicht trinken. Katzen sprangen aus den Wolken auf ihn zu, doch es war ihm gleichgültig. Joaninha zog das gelbe Hemd über den Kopf und zeigte ihm ihre festen Brüste. Verlangend lag ihr feuchter Blick auf ihm und begehrte nach seiner Zärtlichkeit. Aber er wollte nicht. Es war zu spät. All das gehörte auf die andere Seite des Lebens, des Lebens, von dem er nichts mehr wissen wollte. Nicht einmal Joaninhas süße Liebkosungen. Er ersehnte den Tod. Den Zerfall. Die grausige Zärtlichkeit des Todes.

Es konnte nun nicht mehr lange dauern. Höchstens einen Tag. Wie gut! Er öffnete die Augen. Das Geräusch der Wellen, die an die Bordwand schlugen, drang an sein Ohr...

Er hatte jedes Gefühl für Zeit verloren. Eine Stunde reihte sich an die nächste, Tag und Nacht gingen ineinander über, und er dämmerte teilnahmslos dahin. Plötzlich erbebte die Bark unter einem Stoß. Ihr Kiel war irgendwo festgelaufen. Er hörte es krachen, als breche das Schiff auseinander. Die Bark neigte sich ein wenig nach Backbord und lag dann still. Chicão öffnete die Augen, die übergroß im leichenhaft eingefallenen Gesicht lagen. Er wollte aufheulen, aber die Zunge, die schwärzlich zwischen den Lippen hervorsah, ließ keinen Laut durch. Er, den nur wenige Schritte vom Rand des Lebens trennten, meinte, das Meer sei still geworden. Aber allmählich fing sein Verstand wieder an zu arbeiten. Er war ja noch nicht tot, und er wußte: Das Meer kann nicht aufhören, sich zu bewegen. Er mußte an Land sein. An Land! Chicão hob den Kopf. Kaum ertrug sein Hals das schwere Gewicht. Aber da war Land. Das konnte Leben bedeuten. Vielleicht doch noch nicht zu spät. Vielleicht Rettung!

Er stemmte den Körper gegen die Reling und zog ihn hoch. Wieder wollte Müdigkeit ihn überwältigen, aber er mußte hochkommen. Da war Land! Er hob den linken Arm, und der wog zwei Zentner. Die steifen Finger bewegten sich und krampften sich um die Reling. Der unvergängliche Drang zu kämpfen gab ihm noch einmal Kraft. Er richtete den Körper auf – und sackte dann gegen die Reling. Da war Land. Ja, Land!

Aber dies Land zog sich grenzenlos hin und war grauenhaft anzusehen. Nie zuvor hatte er Ähnliches geschaut. Es sah aus wie eine Sandbank, unabsehbar groß. Die Augen sprangen ihm fast aus den Höhlen und verschlangen das ganze Bild. Der farblos weißliche Boden schien erst vor kurzem dem Meer entstiegen. Überall häuften sich Trümmer wie Reste von Ziegelmauern, Bruchstücke verblichener Wände. Was konnte das bedeuten? Zweifellos, es war Land, auf dem die Bark gestrandet war und jetzt festsaß.

In diesem Augenblick packte Chicão der Wahnsinn. Von allen Seiten zugleich drang dieselbe Stimme auf ihn ein, Gelächter, das er kannte, ein heiseres, altes, uraltes, als sei es das Gelächter ganzer Zeitalter, zerplatzte in seinem fiebrigen Hirn. Und er wußte, wem die Stimme gehörte, wer es war, von dem dies Höllengelächter kam: der alte Malachias. »Chicão … König der Armdrücker! …« Er blickte sich um. Woher kam die Stimme? Sie war überall. »Du hast keine Angst vor mir gehabt, Chicão! Hab ich's dir nicht gesagt? Jetzt sieh dir diesen bleichen Boden an, der aus dem Wasser aufgetaucht ist. Er ist dein Grab, dein Fluch. Sieh den Sand, der vor kurzem aus der Tiefe des Meeres an die Oberfläche gestiegen ist. Seit 1825 war er versunken. Ja, Chicão, seit 1825.«

Chicão dachte daran, wie sehr sich diese Jahreszahl seinem Hirn eingehämmert hatte. Sogar zu Hochwürden Honório war er damals gelaufen, um zu erfahren, ob sie etwas mit einer Insel Manuel Gonçalves zu tun hatte.

»Da siehst du nun die Insel, Chicão, die Insel Manuel Gonçalves. Du hast nicht glauben wollen, daß es sie gegeben hat und daß du auf ihr sterben würdest. Hier hat es früher viel Streit, viel Blutvergießen, viel Tod gegeben. Dieser Sand, dieser klebrige Schlick hier vom Grund des Meeres ist ein Stück lebendiger Geschichte. Mit dem Untergang hat diese Insel für ihre Sünden büßen müssen. Die Flut hat alles verschlungen, Größe und Elend, Weinen und Lachen und viele Träume. Eines Tages sollte die Insel wieder auftauchen als ein gutes Zeichen, als Zeichen dafür, daß den Seelen, die einmal hier lebten, verziehen, daß die Insel erlöst ist. Aber du ...«

Die Stimme schwieg eine kurze Zeit. Dann fuhr sie fort: »Und ich habe dich noch gebeten, vorsichtig zu sein. Ich habe dich gewarnt. Du hast das unheilvolle Zeichen in den Wolken des Himmels gesehen. Jetzt verlierst du das Leben, weil du's nicht anders wolltest. Jetzt steigt die Insel wieder auf, während du untergehst, denn du warst schlecht. Wider besseres Wissen hast du die dürre Erde verlassen. Jetzt schau dir das an! Beug dich weiter vor. Dein Gesicht ist entstellt. Siehst du es? Deine Zunge ist hart geworden und lechzt nach Wasser. Aber die Kehle kann nicht mehr schlucken. Das macht der Durst. Der Durst, der die Erde aufreißen ließ, die du schmählich verlassen hast. Du hast dir eingebildet, der Wind und das Meer wären deine Brüder. Aber die Erde hast du nie vergessen können, und jetzt bist du es, der Durst leidet. Durst. Sühnen mußt du durch einen Durst, der dich vernichtet, durch denselben Durst, der die Erde quälte, die du so liebtest und dennoch verraten hast. Aber die Erde ist nicht zugrunde gegangen, Chicão. Der Sertão ist nicht gestorben. Des Durstes wegen wolltest du ihm nicht die Treue halten. Jetzt sieh, wieviel Wasser du ringsum hast. Du möchtest trinken. Aber Meerwasser kann man nicht trinken. Sieh, wieviel Land hier liegt. Aber es besitzt keinen Quell.«

Gelächter scholl von allen Seiten. Ein wahnsinniges Hohngelächter. Dann sagte die Stimme weiter: »Du wirst sterben, Chicão. Nur eine Stunde noch, dann hat dein Körper ausgelitten. Aber wer kann wissen, ob nicht deine Seele dafür wird büßen müssen, daß du den Sertão verlassen hast? Hier ist alles öd. Wüst und verloren seit 1825. Dort jedoch – du weißt, was ich meine –, dort hat der Regen alles wieder grün gemacht. Das Grün ist zurückgekehrt, lebendiges Grün. Die Dürre hat sich verzogen. Wasser füllt den Apodi. Im Açutal prunken die Wälder, die Sonne scheint mild, und das Land steht im Saft. Nie war das Serídotal so schön wie jetzt. Die Menschen kehren zurück und segnen das Wasser. Liebevoll bearbeiten sie die Erde, die das Leben birgt. Die Erde, die du nicht genügend geliebt hast, Chicão. Von der du meintest, sie sei gestorben. Sie ist wieder voller Leben, schön und üppig. Aber du ...«

Eine große Stille trat ein. Für immer war die Stimme verstummt. Chicão mußte sterben. Vor Durst. Bald würde sich der Schleier des Todes über seine Augen senken. Die zerbrochenen Glieder stützten sich auf die Reling, und die Augen schauten, schauten ins Weite.

Chicão fühlte keinen Schmerz mehr. Bei den letzten Atemzügen tat das Herz ihm weh. Ja, jetzt begriff er es: Niemals hätte er das Land verlassen dürfen, den besten Freund der Menschen. Er richtete den Blick zum Horizont, doch alles wurde immer undeutlicher, und die Insel Manuel Gonçalves schwand ganz dahin. Da vollzog sich eine wunderbare Verwandlung:

Es war der neunzehnte Oktober, sein Geburtstag, und Pedro Azevedo lehnte am Windrad und suchte den Horizont ab. Er blickte nach Westen. Um seine Augen spielte ein frohes Lächeln. Nein! Es würde keine Dürre geben. Nie wieder würden die Sertãogebiete von Rio Grande do Norte unter der Dürre leiden müssen. Im Westen standen Regenwolken: Der unheilträchtige rote Schein war verschwunden. Die Erde würde wieder grün werden. Regen zog auf!

Und schon war er grün, der Sertão. Im Galopp hielt Chicão auf die Fazenda zu. Er sprang von seinem Pferd und wandte sich lachend an Pedro Azevedo: »Jetzt gibt's keine Dürre mehr, nicht wahr, Onkel Pedro?«

»Nie wieder, Chicão.«

»Darum bin ich zurück, Onkel Pedro. Hab das unselige Leben hinter mir gelassen und bin wieder hier.«

»Ich wußte, du würdest kommen, mein Sohn. Hier ist dein Herz zu Hause. Schau diese grünen Felder an, Chicão! Diese Weiden, diese Berge. Alles hier ist voller Erinnerungen an dein Leben. Sieh dich um, Chicão!«

Und Chicão schaute verzückt, wie sein Leben an ihm vorüberzog. Er sah sich als Kind, wie Vater Neco ihn zu Nhá Rosa brachte und diese ihn anlachte und wie einen eigenen Sohn bei sich aufnahm. Dann die Kämpfe in der Schule, die ausgelassenen Spiele vorm Haus der Fazenda Boqueirão, Wettrennen mit Liberato, baden im Rio Potengi, wo sie schwammen und in der Strömung spielten. Er erlebte seinen ersten Galopp durch die Baumwollpflanzungen. Und alles war so unendlich grün, nichts von irgendwelcher Dürre zu spüren. Dann musterte er den alten Innenhof der Fazenda, den Holzstoß, der auf ihn wartete, und das Beil, das noch warm war von seinen schwieligen Händen. Er sah den Schafpferch, in dem die Lämmer herumsprangen und sich zu den Zitzen ihrer Mütter drängten; vor Gier nach der warmen Milch schubsten sie einander zur Seite. Dann schwang er sich aufs Pferd, um das Vieh von der Weide zu holen. Das Hemd band er am Sattel fest, damit ihm der Wind um die Brust streichen konnte. Erst bei Dunkelheit kehrte er heim. Und zu den Geräuschen, die von den Bergen herübertönten, zur ganzen Musik des Abends gesellten sich die mahnenden Zurufe, mit denen er die Rinder trieb: »Eia, Andorinha ... Princesa! ... Baronesa ... Pintada und Franjinha ... vorwärts, ihr Rinder ...«

Er sah sich im Gebüsch am Stausee versteckt, wie er neugierig nach den Schenkeln der Wäscherinnen sah, die sich, in ihre Arbeit vertieft, zum Wasser bückten. Oder wie er mit Liberatos Gewehr flach auf der Erde lag, wenn die Tauben in Scharen zur Wasserstelle kamen, um zu trinken. Wie er schwitzend und singend den Schwengel der Baumwollpresse zog. Singend, als sei er dabei, die Rinderherde zu treiben. Wenn seine Stimme sich bei nächtlicher Dunkelheit im Widerhall der Berge verlor und die Ohren der Gutsleute erfreute, hatte Donana oft gesagt, er könne wirklich gut singen und wisse das Vieh zusammenzuhalten. Jetzt sah er sich, wie er der eben erlegten Eierdiebin, der Riesenechse, die schimmernde Schuppenhaut abzog.

Wie grün doch der Sertão war! Es wollte regnen. Grelle Blitze durchzuckten den Himmel. Donnerschläge dröhnten vom Araragebirge herüber. Das Kreuz des Narren wurde vom Wetterleuchten erhellt. Gleich würde der Regen niederprasseln. Dann taten die Felder ihre riesigen grünen Münder auf, um das Naß in großen Schlucken einzuschlürfen. Wasser stürzte aus den Wolkeneimern des Himmels und überschwemmte die Erde. Welch gute Ernte es geben würde!

Weiß wiegten sich die Samenköpfe der Baumwollsträucher im Wind. Und der Wind zwängte sich stöhnend zwischen den Flügeln des Windrads durch und trieb seine Schaufeln rundum, so daß sie stetig und gleichmäßig hämmerten. Jetzt suchten die Kälber Schutz im Hof, da wo die Maschine zum Reinigen der Baumwolle stand. Blökend drängten sich in ihrem

Pferch die Schafe zusammen. Der Stausee trat über die Ufer. Es regnete. Nie wieder würde es Dürre geben im Sertão.

Chicão sprengte auf seinem Pferd »Freiheit« durchs Gestrüpp der borstigen Juremas. Feuchte Dornen ritzten ihm die Beine, trotz der schützenden Lederkleidung. Bei der Hütte machte er halt und streichelte Nhá Rosas Kindern die struppigen Köpfe. Er sattelte das Tier ab und führte es zum Stausee. »Gott zum Gruß, Onkel Pedro!« Pedro Azevedo lehnte am Pfosten und lauschte dem Lärm, den er und sein Pferd beim gemeinsamen Bad vollführten. Die festlichen Tage des ›Ochsentanzes‹ rückten heran, und Chicão war dabei und schüttelte sich vor Lachen über die saftigen groben Späße, und er klatschte Beifall für Rivaldo, der nie im Tanzen innehielt.

Und dann waren da die Berge, die Berge, die er ungestüm emporkletterte, um den Aufgang des Mondes abzuwarten, wo er sich auf dem Gestein ausstreckte und von Dingen träumte, die in anderen, weit entfernten Welten geschahen. Welten, in denen es sehr grüne Meere gab und Männer, die vom Gürtel aufwärts nackt waren und auf Schiffen fuhren. Er aber würde niemals den Sertão verlassen. Um nichts in der Welt. Denn ihm entstammte sein Leben. Aus ihm zog er seine Kraft. Und wenn auch eine Dürre käme. Um keiner Dürre der Welt willen würde er dies Land im Stich lassen. Niemals. An Pedro Azevedos Seite würde er kämpfen, dem Vieh wieder auf die Beine helfen, wenn es hinsank, die Herde zur anderen Weide an der Flanke des Gebirges treiben und unter brennender Sonne den ganzen Tag bei ihr ausharren, um jedem einzelnen Rind beizustehen, das seine Hilfe brauchte. Aber niemals würde er den Sertão verlassen. Niemals ...

Die Menschen waren glücklich. Nimmermehr würde die Dürre wiederkehren. Das Wasser hatte den Weg zurück gefunden. Das Wasser, der Quell allen Lebens.

»Schau, Chicão, das ist der Sertão, den du liebhast!«

Aus der Erde drang die Stimme Pedro Azevedos, aus dem tiefsten Inneren seines der Erde verhafteten Herzens. Und er roch den Duft der Erde, die unter den Tropfen des ersten Regens feucht wurde. Da stand er, wie so oft, auf Posten und beobachtete das Wetter. Blickte mit einem glücklichen Lächeln zum Horizont, denn es würde keine Dürre mehr geben, und sagte mit einer Stimme, der Erdduft entströmte: »Du bist heimgekehrt, Chicão. Bist heimgekehrt ...«

»Gott zum Gruß, Onkel Pedro ... ich ...«

Leblos sank Chicos Körper in die Bark zurück. Unablässig schaukelte und wiegte das grüne Meer den Rumpf des Schiffes. Die Wellen sangen ihr trauriges Lied. Und dann zogen die klagenden Wellen die Bark tief hinab auf den Meeresgrund.

dtv drei kontinente

Gioconda Belli: In der Farbe des Morgens (11565)
J. M. Coetzee: Im Herzen des Landes (11566)
Nâzım Hikmet: Die Luft ist schwer wie Blei (11570)
Ruth Prawer Jhabvala: Eine Witwe mit Geld (11569)
Nawal El Saadawi: Hamidas Geschichte (11571)
Ghada Samman: Alptraum in Beirut (11567)
José Mauro de Vasconcelos: Meine Brüder, der Wind und das Meer (11572)

Drei Kontinente. Ein Lesebuch aus Lateinamerika, Asien, Afrika und der arabischen Welt (11568)

11568
Erzählungen, Reportagen, Gedichte von Menschen aller Rassen und Religionen aus Lateinamerika, Afrika, Asien und der arabischen Welt.

11569
Von europäischen Selbstverwirklichungs-Touristinnen, von missionarisch angehauchten Wohlfahrtsclub-Memsahibs und natürlich vom Kampf der indischen Frauen gegen die Fesseln der Konvention.

11570 (Sept. '92)
Im poetischen Werk dieses größten türkischen Dichters im 20. Jahrhundert spiegelt sich beispielhaft die Geschichte der Türkei und ihrer Menschen wider, in deren Dienst er sein eigenes Leben stellte.

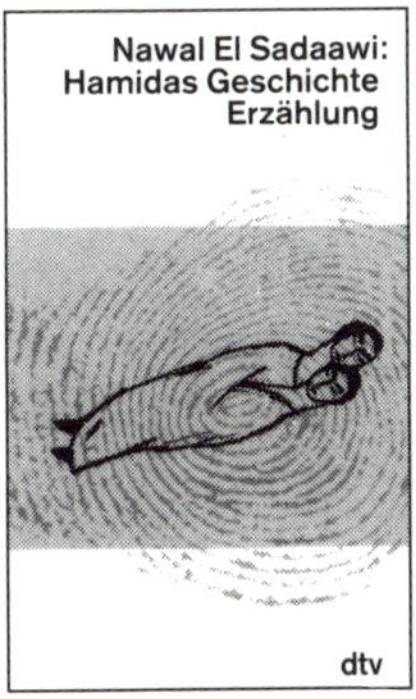

11571 (Sept. '92)
Mit hypnotischer Intensität schildert Nawal El Sadaawi, die ägyptische Vorkämpferin der Frauen aus der patriarchalischen Gewalt, das Schicksal des Mädchens Hamida.

11572 (Sept. '92)
Der Waisenjunge Chicão auf der Suche nach einer »lebenswerten Existenz«. Ein Schicksalsroman und bei aller Sozial- und Gesellschaftskritik eine Liebeserklärung an Brasilien.

Gudrun Pausewang im dtv

Foto: Kraufmann + Scheerer

Die Freiheit des Ramon Acosta

Der »Aussteiger« Ramon Acosta versucht mit seiner Freundin im Urwald zu überleben. Doch das Paradies wird zur Hölle... dtv 10122

Kinderbesuch

Ein deutsches Ehepaar besucht seine in Südamerika lebende Tochter. Tief beeindruckt vom Reichtum des Schwiegersohns, stehen sie der Armut und dem Elend rund um das vornehme Villenviertel verständnislos gegenüber. Als sie eines Tages allein zu Hause sind, öffnen sie einem kleinen bettelnden Mädchen die Tür ... dtv 10676

Guadalupe

Ein Mann treibt, an einem Baum geklammert, den großen Urwaldfluß hinab. Ein anderer rettet den schon Besinnungslosen. Erst später entdecken sie, daß sie eigentlich Feinde sind: Ihre Heimatländer liegen miteinander im Krieg ... dtv 10788

Der Weg nach Tongay

Durch eine südamerikanische Wüstenlandschaft führt der Weg einer alten Drehorgelspielerin. Fast Unmenschliches fordert ihr diese Reise ab, auf der sie ein hergelaufener Hund begleitet, der zu ihrem ganzen Lebensinhalt wird. dtv 10854

Pepe Amado

Die unglaubliche Geschichte eines Schwarzen in Südamerika, der wie ein Sklave gehalten wird, bis man ihm eines Tages einen Vulkan »schenkt«. Ein modernes Märchen, das von der Lüge und der Hoffnung auf Veränderung erzählt. dtv 11088

Aufstieg und Untergang der Insel Delphina

In den ersten dreihundert Jahren, nachdem Delphina aus dem Karibischen Meer aufgetaucht ist, geschieht dort fast nichts, in den folgenden dreihundert Jahren bis zu ihrem Untergang um so mehr ... dtv 11218